「や、だ…
ぜちゃ……っ」
「やめていいのか？ 今にも食いちぎりそうに
俺の指を締めつけているぞ？」
（本文より）

カバー絵・口絵・本文イラスト■蔵王《ざおう》 大志《たいし》

BBN
B•BOY NOVELS

AD《アド》コンプレックス3

岩本　薫

この物語はフィクションであり、実在の人物・団体・事件等とは、いっさい関係ありません。

CONTENTS

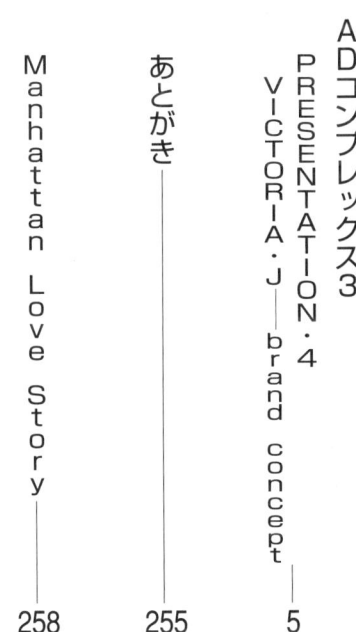

PRESENTATION.4

VICTORIA.J

——brand concept

1

視線の先の階数表示が、ワンフロアずつ点滅しながらゆっくり上がってくる。実際には結構な速度で上昇しているのにもかかわらず、エレベーターを待ってる時って、なんでかすごく悠長にのろのろ上がってくるように感じるもんだよな。

どっかの階で道草でも食ってんじゃねーの？　とか疑いたくなるくらいに。

そんなことをぼんやり考えながら、エレベーターホールにぽつんとひとり立っていたオレ——有栖《ありす》一希《かずき》は、ようやく最上階に到着しつつあるケージに、スラックスのポケットに突っ込んでいた片手を引き出した。やれやれ、やっと来た。

ポン！

音がして12の数字が点滅し、ドアがスルスルとスライドする。

——ん？

徐々に明らかになる人影に眉をひそめ、三分の二くらいドアが開いた段階で息を呑んだ。

（……うっ）

ついに全開した箱の中央にひとり佇《たたず》む、長身の男と面と向かい合ったオレは、嫌な予感がビンゴであったことを知った。

——世羅《せら》！

艶《つや》めいた黒髪。彫りの深い面立《おもだ》ち。知的な額にすっきりと高い鼻梁《びりょう》。意志が強そうな眉の下の、眦《まなじり》が深く切れ込んだ褐色の双眸《そうぼう》。均整の取れた長身を仕立てのいいスーツに包み込んだ嫌みなほどの美男。

東京生まれでNY《ニューヨーク》育ちの帰国子女、ハーバード大学院卒MBA取得の超S級エリートA《アカウント・エグゼクティブ》E——世羅藤臣《ふじおみ》、二十七歳。目下オレが所属する、俗称『特攻プレゼンプロジェクト』チームの同僚である。

しかしてその実体は、謎満載で得体が知れない上におっそろしく表裏が激しく、プリンス仕様の表バージョン『白世羅』と、オラオラでエロエロな裏バージョン『黒世羅』をシチュエーションで使い分けるクセモノだ。

ちなみに、こいつとの出会いは約半年前。

昨年の十月、当時オレが所属していた業界第三位の広告代理店『第一《だいいち》エージェンシー』と、NYを本拠地にアメリカ全土をシェアに持つ外資系の『SK《エスケイ》ビジョン』が合併した。これによって新会社『D&Sアドエージェンシー』が発足。一躍、業界第二位に躍り出たわけだが、その合併に伴い、金髪碧眼のC《チーフ・クリエイティブ・オフィサー》CO と二十名ほどの黒船軍団がNYのSK本社から乗り込んできた。そのうちのひとりが、この世羅だったのだ。

「有栖」

ドアを手で押さえ、腰にくるような低音美声でオレの名を呼ぶ、今は見るからに黒バージョンの男から、微妙に視線を外す。

(タイミング悪《わり》ぃ……)

腹の中で顔をしかめていると、続けて問われた。

「これからランチか?」

「……まぁな」

視線を逸《そ》らしたまま、口の中でもごもご答える。できればこいつとはなるべく話をしたくないんだが、同僚でしかも所属チームまで一緒ともなれば、そうも言っていられないのが実状で。

「どこへ行くんだ?」

「………」

この一週間、全身から『拒絶オーラ』を発して、オフィスでも『近寄んな。話しかけんな』と最大限アピールしているのに、世羅は懲《こ》りもせず、さらに問いかけてくる。

「社食か? それとも社外?」

どこだっていいだろ! おまえにゃかんけーねぇじゃん! と叫びたいのをぐっと堪《こら》え、代わりにぶすっとつぶやく。

「社外」

「そうか。俺もちょうど昼に出ようと思っていたところだ。よければ一緒に…」

「悪いけど、ひとりで食いたいから」

みなまで言わせずに申し出をすげなく断ると、世羅の片頬がかすかに引きつる。そうしてもまるで翳《かげ》りの見えない美貌を上目遣いに見上げて、オレは要求を口にした。

「……乗りたいんだけど」

「――ああ」

憮然《ぶぜん》とした面持ちの世羅が、すっと端に寄る。そのおかげでできた空きスペースに乗り込んだオレは、傍《かたわ》らの男を横目でちらっと見やった。

「何？　おまえは降りるんじゃないの？」

「気が変わった。俺も下まで降りる」

ってことは一階まで密室にふたりきり？

思わず身構えた直後、世羅が扉を押さえていた手を離した。スライドドアがスルスルと閉まった――とたん、ぐいっと二の腕を引かれる。抗《あらが》う隙も与えられずにくるっと体を回転させられ、背中を箱の壁に押しつけられて、ハッと振り仰いだすぐ目の前に、怖い顔のド・アップ。

バン！

世羅が壁に片手をつく派手な音に、びくっと肩が揺れる。

「……なっ」

何すんだと抗議しようとして、至近の褐色の双眸の剣呑《けんのん》さにこくっと喉が鳴った。

「なぜ俺を避ける？」

憤りを押し殺したような低音。

なんでって……そりゃ、おまえがオレたちの『敵』だからだよ。

そうなのだ。合併だなんて所詮はきれいごと。ＳＫ本社の真の目的はＤ＆Ｓを乗っ取ることにあり、世羅たち黒船軍団が首切りのために本社から送り込まれた先兵隊であるという衝撃の事実が発覚したのが一週間前。

――まずは先兵隊を中枢に送り込み、利益率が芳《かんば》しくない社員や反抗的な社員を徐々にリストラしていって、最終的には従順なイエスマンだけを選別して残す。そうやって支配下においた現地の兵隊を扱《こ》き使い、甘い汁だけを吸い上げるのがSKの常套《じょうとう》手段だ。

その事実を教えてくれた大学時代のゼミの先輩――今は大日本広告社《だいにほんこうこくしゃ》の営業部にいる――澤田《さわだ》先輩のセリフが脳裏に蘇る。

――数字を出せない人間が淘汰《とうた》されるのは企業の摂理でしょう。利益を生み出さない人材は切られて然《しか》るべきです。

――新しいクライアント確保がプライオリティの一番ですが、各人の能力を見極め、残すべき人間と切るべき人間を選別することも重要なミッションのひとつです。

さらには、世羅の仲間である仁科《にしな》のセリフもリフレインしてくる。

つまり、こいつは、リストラ要員を選別するためにSK本社から遣《つか》わされた――オレたち旧第一のスタッフからしてみれば『敵』なのだ。

(それなのに……そんなやつとオレは)

両手の拳をぐっと握り締めていると、世羅の美貌がじわじわと近づいてくる。

「答えろよ、有栖」

ふわりと甘い香りが鼻孔をくすぐり、条件反射のようにぞくっと背中が震えた。世羅が纏《まと》うコ

開

ロンの香りが呼び水になったみたいに、『あの夜』の記憶がフラッシュバックしそうになるのを、奥歯を食いしめ、必死に堪える。

（だーっ、思い出すなっ！）

蓋が開きかけているパンドラの箱を、すごい勢いでバンッと閉じ、鎖でぐるぐる巻きにして封じ込めた。のに——のにっ！

「俺と寝たことを後悔しているのか」

その一言であっさり鎖はぶち切れ、あっけなく蓋が開いてしまう。たちまち溢れ出す、生々しい情事の記憶。

——おまえが……欲しい。

欲情に濡れた世羅のウィスパーボイス。

——あ、ん……出る……出、ちゃうっ。

自分のものとも思えない、甘ったるい嬌声《きょうせい》。

——おまえだって欲しがっている。

——おねがっ……イカせて……。

涙まじりの懇願。火傷《やけど》しそうに熱くて硬い体。体液で濡れそぼった肌。羞恥《しゅうち》も惑いも禁忌《きんき》も、すべてを押し流してしまうほどの強い快感。生まれて初めての官能。

いまだ充分に生々しくも忌《い》まわしい、ロストバージンの記憶の数々……。

（うがーっ!!　思い出すなって！）

つか、思い出させるなっ！

キッと『敵』を睨みつけたオレは、自分に覆い被さっている世羅の体をどんっと押しのけた。

「退《ど》け！　おまえが降りないならオレが降りる！」

叫んで『開』のボタンを押した手を掴まれる。オレの手首を拘束したまま、世羅がふたたび真剣な声音で繰り返してきた。

「後悔しているのか？」

「当たり前だろっ」

怒鳴りつけた瞬間、世羅がうっそりと眉をひそめる。

なんだよ？　何、傷ついた顔してんだよ？

言っとくけどな、傷モノになったのはこっちだぞ!?

「お、男と寝て……平気でいられるほど図太くねぇよ！」

だが、オレが重ねて言い放つと、なんでか少しほっとしたような表情をする。

「そうだな。脱・チェリーの前のロストバージンだしな」

いっそうれしそうにつぶやかれ、カーッと頭に血が上った。

社内一の遊び人を気取る有栖一希が、その実、まっさら新品のチェリーボーイだってのは、世羅しか知らない一世一代の秘密だ。その秘密をネタに散々セクハラしまくった挙げ句バージンまで奪ったにっくき悪漢をギッと睨みつける。

「それを言うなっ！」

だけど世羅はいっこうに怯《ひる》まず、どころか肉感的な唇をいやらしく歪《ゆが》ませた。

「安心しろ。バージンをもらった責任は取る」

「責任だぁ？」

「ちゃんと嫁にもらってやるから」

偉そうに言われ、頭のどこかの糸がぷつっと切れる。

「ふざけんなっ!!」

爆発と同時に、長い脚の臑《すね》のあたりを革靴の先でガツッと蹴り上げた。

「………ッ」

うっと息を呑んだ世羅が、とっさに臑を摑んで屈み込んだ。激しく顔を歪めて痛みを堪える男を箱の中に残し、オレは閉まりかけていたドアの隙間から飛び出す。どうやら下の階で呼んでいたらしく、すぐにケージが動き出した。

「有栖っ」

世羅の怒声を残して下降を始めるエレベーターの前に立ち、中指を突き立てる。

「ザマーミロ！　おととい来やがれってんだ！」

悪態をついて溜飲《りゅういん》を下げるも——。

「世羅のあの顔！　ははは……は」

さほど間を置かず「……はー」と嘆息《たんそく》が零《こぼ》れた。

「なーにが嫁にもらってやるだ。……ふざけやがって」

やっぱり、あいつにとって、あの夜のことは『遊び』でしかないんだ。

戯《ざ》れ言《ごと》で済ませてしまえる程度の。

（ま。わかっちゃいたけどさ）

「……ちくしょう。食欲失せたじゃねーかよ」

ぴったりと閉じた鉄の扉にひとりごちたオレは、すっかり萎《な》えた胃のあたりをスリスリさすりながら、オフィスへと戻った。


ところで十二階というのは、外苑前《がいえんまえ》にある総合広告代理店『Ｄ＆Ｓアドエージェンシー』の最上階で、社長室、重役室およびＶＩＰ用応接室で占められるフロアだ。同フロアの角部屋が、オレたち『特攻プレゼンプロジェクト』チームのオフィス。

神宮外苑《じんぐうがいえん》が一望できる明るい室内。天井が高く、すっきり広く、床も壁も什器《じゅうき》もすべてがぴかぴか。

すばらしく快適なこのオフィスを独占しているのが、チームリーダーの井筒《いづつ》さん（クリエイティブ・ディレクター）を筆頭に、椿《つばき》（コピーライター）・オレ（プランナー）、そして世羅（ＡＥ《アカウント・エグゼクティブ》）・仁科（マーケティング・プランナー）・布施《ふせ》（グラフィックデザイナー）という、それぞれ旧第一およびＳＫから選《よ》りすぐった精鋭六名。

オレたちに課された任務は、切り込み部隊として、とにかくコンペに勝ち、プレゼンを通し、新規クライアントをバリバリ獲得すること。

ちなみに、クライアントがなんらかの広告（時に商品広告であったり企業広告であったり）を作りたいと思った時に、いくつかの代理店に声をかけ、アイディアを持ち寄らせることをコンペティション（略してコンペ）といい、誘いを受けた各社が知恵を絞り、自分たちの提案がいかに素晴らしく優れているかをクライアントにアピールするのがプレゼンテーション（プレゼン）だ。

その時々でライバルの数はまちまち、一騎討ちの時もあれば、十社競合の勝ち抜きバトルの場合もある。いずれにせよ、これに勝たなきゃ広告代理店は商売上がったり。――というわけで、上は業界第一位の『大日本広告社』から下は社員数名の小さな代理店まで、すべからくコンペ＆プレゼンにかける意気込みはハンパじゃないのだ。

われわれプロジェクトチームの初プレゼンのお題は『コンドーム』で、クライアントは老舗《しにせ》メーカーの【東洋《とうよう》ケミカル】だった。プレゼンリーダーを任されたオレが、実は使用経験ナシだったりの紆《う》余《よ》曲折《きょくせつ》はあったが、なんとか緒戦を勝利で飾り、次なるテーマは『スィーツ』。クライアントは、国内外に数軒の高級フレンチレストランを所有する、【リストランテ　KADOMA】のオーナーシェフ門真《かどま》佑一郎《ゆういちろう》氏。

このプレゼンはチームの中で旧第一とSKサイドとに三対三に別れて闘うことになった。これも波乱含みの展開だったが、結果的に、オレたち旧第一チームが世羅たちSKトリオに勝利することで幕引きとなった。

そして三戦目が、今まで扱った中でも一番のビッグ・クライアント、世界的自動車メーカーの【YAMATO】。これは【東洋ケミカル】の時と同じく、『大日本広告社』との一騎討ちだった。依頼は『企業広告』。これまた難しいお題だ。

そのせいばかりじゃないけど、プレ・プレゼンでオレは初黒星を喫《きっ》してしまった。それが原因でスランプに陥り、一時期は自分のプランナーとしての資質を疑うまでになった（しかも、そんな時に『大日本』からの引き抜きの話もあったりで、かなり心が揺れた）が、なんとか気持ちを持ち直し、リーダーを引き継いだ世羅と【YAMATO】の大和《やまと》工場を訪れることに――。ここで、現場で働く人たちの生の声を聞いて、YAMATOイズムに触れ、なんとか自分たちの企画を形にすることができた。

本プレゼンで白星を飾った喜びも束の間、澤田先輩からSK本社のダークな噂を聞いて、衝撃を受けたオレは、真実を問い質《ただ》すために世羅のマンションへ押しかけ――そして……。

――仁科に聞いた。おまえたちは……オレたちを切り捨てるために送り込まれてきたんだって。

――本当のこと……言えよ。

――……本当だ。

――おまえなんか帰れっ。NYでもどこでも帰れよっ！　帰っちまえーっ。

――おまえは……どうして……こんなにも俺を揺さぶるんだ？

あれからもう何度、同じシーンを頭の中で繰り返したんだろう。この一週間、寝ても覚めても、あの夜のことが頭から離れなかった。

世羅の表情、声、セリフがぐるぐるとエンドレスで回って……。

まぁ、でも、それも考えてみれば当たり前。

誰かと裸で抱き合うのが『初めて』なら、セックスも、もちろん後ろでイッたのも『初めて』。

事後にひとつのベッドで過ごすのも『お初』という――オレにとって、何もかもが初めてづくしだったわけだし。

(つくづく仕事がエアポケットで助かった)

こんな状態じゃまともに企画なんて考えられないもんな。

デスクに頰杖をついて、ふたたび「はーっ」とため息を吐《つ》く。

SK本社の思惑と世羅たちの正体を知ったショック。

男で、同じチームで働く同僚で、なおかつ『敵』である世羅と勢いで体を重ねてしまった悔恨《かいこん》。

バックバージン喪失の衝撃。

立て続けのダメージの余波で、ここ一週間ばかりは心ここにあらずの放心状態で過ごしちまったけど。

さすがにいつまでも現実から逃避してばかりもいられない……よな。

どうやらここにきてようやく、ダメダメモードから脱して、徐々に立ち直りかけつつあるらしい。オレは頰杖を解き、むっくりと上半身を起こした。

そうだ。ただ世羅から逃げ回ってたって、なんの解決にもならない。

『今、目の前にある危機』と向き合うために、オレは腕組みをした。

（とりあえず、プライベートの問題はさておき、まずはリストラの件だ）

SK本社の思惑を知ってしまった以上は、このまま会社が食い物にされるのを手をこまねいて眺めているわけにはいかない。

とはいえ、真実を知っているのは（世羅たちを除けば）今のところオレひとりなわけで。

なんらかアクションを起こすにしたって孤立無援《こりつむえん》ってのはあまりに心許《こころもと》ない。

だからといって、無闇に真実を触れ回っても、闇雲にみんなの不安を煽ってパニックを引き起こすだけだろうし。さらには、上に掛け合うにしたって、どこまでがSK本社に懐柔《かいじゅう》されているのかわからない。SK本社の陰謀を詳《つまび》らかにできるような物的証拠もないしな。

うーん、と腕組みのまま唸《うな》った。

やっぱ一緒に闘ってくれる仲間が欲しい。口が固くて信頼できる仲間が。

信頼できる人間――仲間――で、とっさに頭に浮かんだのは井筒さんと椿の顔だった。

よし。ふたりに相談してみよう。

そう決めて腕組みを解いてから気がつく。井筒さんは打ち合わせで外出中だっけ。んじゃまずは椿だ。

思い立ったが吉日《きちじつ》とばかりに、オレはパーテーションと共布張《ともぬのば》りのオフィス・ナエアを引いて自分のブースを出た。右隣りのブースの開放口に立って中を覗《のぞ》き込む。ショートカットの後ろ姿が、パソコンに向かって何やら熱心に打ち込んでいた。【YAMATO】のプレゼンのあと、椿は井筒さんと組んで、別部署から頼まれたコピーの仕事を請け負っている。そのせいで、比較的暇なオレと違って忙しいのだ。

「椿」

呼びかけにキーボードを叩いていた指の動きが止まり、くるっと椅子が回転する。

チャキチャキの江戸っ子でそんじょそこらの男よりよっぽど『オットコマエ』な中島《なかじま》椿は、オレの同期入社。つきあいが長いこともあって、社内一の遊び人で鳴らす有栖一希がその実、『クール&スマート』な自分演出のために日々涙ぐましい精進を怠《おこた》らない『努力の人』だという——外聞《がいぶん》の悪い実体まで、すべてをしっかり把握されている。

「有栖、何?」

「あ……」

顔を合わせてしまってから、ちょっと言い淀む。えっと、どっから話せばいいんだ？　オレと世羅の件は割愛しなくちゃならないから……。言っていいことと悪いことを頭の中で分別しつつ、

「じ、実はさ、ちょっと話が……」

それでもなんとか言葉を紡ぎかけた時だった。

チャラララーン、チャーラララーン。

聞き慣れたルパン三世の着メロが、どこかから聞こえた、かと思うと椿がデスクの上の携帯にすごい勢いで飛びつく。

「はいっ……あ、あたしです！」

勢い込んで答えた椿が、ちらっとオレを横目で見やり、「ごめん」というように片手で拝んで

きた。オレが返事をする前にくるっと背中を向けて話し出す。

「はい、今ですか？　大丈夫です」

——あ。お邪魔っすか？　ですよね？

「……じゃあ、またあとで」

気を削《そ》がれた気分で椿の背中にぼそぼそとつぶやき、踵《きびす》を返す。すごすごと自分のブースに戻ったオレは、デスクの上に見慣れぬ紙袋が置いてあることに気がついた。

「何これ？」

ついさっき、机を離れるまではこんなもの、なかったはずだ。

首を傾《かし》げながら紙袋の口を開ける。と、ぷーんといい匂いが鼻をついた。袋に手を突っ込み、薄紙に包まれた『それ』を取り出す。

「エビとアボカドディップのパニーニ？」

よく見れば、紙袋の後ろにはプラスティック容器に入ったホット・カフェオレも置いてあった。

そして、その容器の下に付箋《ふせん》のメモが。

『ちゃんと昼を取らないと頭が働かないぞ』

端正な文字の走り書き。これって……世羅の字？

思い至ると同時に顔を左のブースへ振り向ける。耳を澄ますと、パーテーション越しにかすかに英語の会話が聞こえてきた。例によって国際電話で話しているんだろう。

もう一度視線を転じて、自分の手の中のパニーニを見下ろす。

薄紙に貼られているシールのロゴは、最近赤坂《あかさか》にできたばかりの、おいしいと評判の店のものだ。有名なイタリアンのシェフが手がけているとかで、派遣の女子社員が騒いでいたから、オレも名前は知っていた。一度食べてみたいなーと思ってはいたものの、ここからショップまで結構な距離があるので、実行に移すまでにはなかなか至らなかったのだ。

世羅のやつ、なかなか戻ってこないと思ったら、あのあと赤坂まで歩いたのか。

(そんでわざわざ、オレの分まで買ってきてくれた?)

「……オレ、蹴ったのに」

激しく痛がっていた、先程の世羅の様子を思い出す。

いくらなんでもさっきはさすがにちょっとやり過ぎたか。どんなにあいつが失礼極まりなくても、だからといって何も蹴ることはなかったかも……。

眉を八の字にして反省しかけ、そんな自分にハッと気づき、きゅっと眉間《みけん》にしわを寄せた。

パニーニくらいでほだされてどーする!

だーかーらー、あいつは『敵』なんだって。

大体これだって、自分の昼飯を買った『ついで』だろ。『たまたま』だって。あいつの気まぐれのやさしさに、深い意味なんてない。

自分に言い聞かせたオレは、己の甘さを振り切るようにふるふるっと頭を振った。

パニーニは噂どおりにおいしかったけど、なんとなく礼を言うきっかりを逸しているうちに、世羅は打ち合わせに出て、そのまま直帰してしまった。

井筒さんと椿にSK本社の話をする件も、椿がずっと忙しそうにしているので声をかけづらく、結局その日は相談できずに終了。

話の内容が内容だけに、電話で済ますわけにはいかない。できればちゃんと顔を合わせて話をしたい。そんなことを思いつつ翌日、今日こそはと勢い込んで出社したら、椿が有休で肩すかし。おまけに井筒さんは終日会議。

さらに翌日、やっと両方揃っていると思った矢先、オレは偶然にも、廊下の隅で深刻そうな表情のふたりが話し込んでいる現場を目撃してしまった。

いつもは快活が服を着ているような椿にしてはめずらしくシリアスモードで、対する井筒さんも浮かない顔だ。

(……なんだろう?)

今抱えている仕事の件?

よくわからないが、とにかく気軽に話しかけられる雰囲気ではないことだけはたしかだ。

「……出直すかぁ」

頭をぽりぽり掻いて廊下を引き返した。自分の席に戻り、しばらくふたりがオフィスに戻ってくるのを待ってみたが、いっかな帰ってこない。

いい加減遅くないか？

立ち上がって、もう一度廊下に出てみた。ンが、しかし。

あれ？　いない。

「そこ、邪魔なんですけど」

呆然と立ち尽くしていると、背後から冷ややかな声が届いた。振り向くまでもなく、誰の声だかはわかったが、一応振り返る。案の定、嫌み眼鏡こと仁科卓見《たくみ》が立っていた。相変わらず、人に対する悪感情を露骨に顔に出す野郎だぜ。

世羅の片腕で、ＳＫトリオのひとり。なぜだか、オレに敵愾心《てきがいしん》を抱いているらしい。いや、『らしい』じゃない。この前はっきりと『大嫌いです』と言われたんだから確定事項だ。

オレ自身、これほど反《そ》りが合わない相手に出会ったのは生まれて初めて。たぶん、前世で因縁でもあったんだろう。村一番の美女をふたりで取り合ったとかさ。

「廊下の真ん中に突っ立って、何やってるんですか？」

柳眉《りゅうび》をひそめて問われ、オレも若干むっとした声音で答える。

「さっきまでそこに井筒さんと椿がいたから」

「井筒さんと中島さんなら外出しましたよ」

「えっ」

「そのまま直帰《ＮＲ》だと聞いてますけど？」

「うそ……」

追い打ちをかけられ、しばし絶句した。一瞬後、がっくりと肩を落とす。

嗚呼《ああ》……すれ違い。また今日も相談できなかった。これでもう三日のロスだ。

この間にも、刻一刻とデッドデーは近づいているかもしれないのに。

じわじわと込み上げてくる焦燥に唇を噛み締めながら、ふと視線を感じた。視線の出所を辿《たど》って、仁科のシルバーフレームにぶつかる。

レンズ越しに目と目が合った瞬間、フッと唇の端で笑われた。

まるで、こっちの焦燥を見透かして、鼻で笑うみたいな……。

リストラ計画に加担している男の嘲笑《ちょうしょう》に、カッと頭に血が上ったけれど、何かを言う前に「退いてください」と、肩を押しのけられる。

つーんと顎を逸らし、一顧《いっこ》だにせずスタスタと立ち去っていくスーツの後ろ姿を、オレは歯ぎしりして見送るしかなかった。


――で。その日の帰り。事態がいっこうに進行しないことに焦《じ》れ、煮詰まったオレは、まっすぐ下北沢《しもきたざわ》の自宅を目指さず、ある場所へと向かっていた。

南青山《みなみあおやま》にある世羅のマンションだ。

どうせ明日まで井筒さんと椿が捕まらないなら、それまでに、少しでもひとりでできることをやっておきたい、と思ったのだ。

つまり、リストラの件に関して、世羅から詳しい情報を引き出す。

あの夜、リストラの件を世羅が認めたという事実にショックを受けたオレは、それ以上突っ込むまでの頭が回らなかった。そのあとも、流されてエッチしちゃったことに衝撃を受けて、追及するどころか、世羅を避けることにいっぱいいっぱいで。まぁ、世羅自身が忙しくしていて、会社にあまりいなかったせいもあるけど。

だけど、やっぱり逃げてるばかりじゃ駄目なんだ。

闘うにしたって、敵のことを知らなくては、対策も立てられない。

そして、どうせ探るならば、リーダーの世羅にぶつかるのが、おそらく核心への一番の近道。

午後いっぱい考え抜いた末に、そう結論づけたオレは、打ち合わせに出た世羅の帰社をいまかいまかと待ちかまえていたんだが、夕方近くになってもやつは帰ってこない。ついにしびれを切らし、自席にいたSKトリオの布施に「世羅はいつ戻るの?」と聞いてみたところ、「たぶん、今日はもう戻ってこないと思いますよ」との返事が。

が——ん。

井筒さん、椿に続いて、世羅、おまえもか!

仕方なく、携帯にかけてみたが、これまた留守録になっていて繋がらない。

「くそ……使えねぇ」

こうなったら、直接マンションまで乗り込むしかないか。

かなり気が進まないけれど、他に手は浮かばなかった。今日中に世羅と話すためにはそれしか手段がない。

そんなわけで、会社から世羅のマンションがある青山までの道のりを、今、テクテクと歩いているわけだ。そこかしこから花の匂いが漂ってくる春の宵《よい》、ほんのり甘い夜風の中、けれどオレの足取りは重かった。

やはりこの道を辿った十日前の記憶が、歩調を鈍らせる。

それでも三度目ともなれば、迷うこともなく足が自然と目的地へ向かい――青山通りから脇道へ逸れてほどなく、十五階建てのマンションに辿り着いた。

前回は雨でけぶっていたけれど、晴天の今夜はひときわゴージャスに輝いて見える。

「……やっぱすげぇな」

感嘆まじりの息が漏れた。

きれいに刈り込まれた生け垣がぐるりと囲む、赤茶のレンガに覆われた堅牢な外壁。エントランスまでの、ゆるやかな石畳のスロープ。ライトアップされた樹木。各戸の窓に点《とも》る、いろいろな風合いの灯《あか》り。全面がガラス張りの最上階は、階全体が薄オレンジ色に発光している。世羅の部屋は、この超高級マンションの中でも最上階に位置する、十四～十五階のメゾネットだ。

暗闇に浮かび上がる、巨大なシャンデリアみたいなマンションを見上げているうちに、いつかの仁科のセリフが蘇ってきた。

――あなたと世羅では住んでいる世界が違う。

──がんばればいつか仲間意識を持てるとか、パートナーシップを組めるなどと、思い上がって勘違いしないことだ。

「……上等じゃん」

胸に走った小さな痛みを、強気なつぶやきで追い払った。

煌々《こうこう》と輝くガラス張りのエントランスを睨みつけ、石畳を上がり始める。一枚目の自動扉を抜け、ルームナンバーがずらりと並ぶステンレスの板の前に立った。その先のオートロックのガラス扉は、中の住人に解除してもらわないと開かない仕組みだ。

１４０１という表示の下のブザーボタンを押そうと伸ばした指が、ボタンに触れる直前でぴくっとフリーズする。

まさにロストバージンした『あの部屋』で、当の世羅と今から対峙《たいじ》するんだと思うと、急に臆《おく》する気持ちが込み上げてきて──。

ボタンまでわずか一センチの距離で固まった指先が、細かく震えているのに自分でびっくりする。

うわ、なんかすげードキドキしてきた！　心臓バクバク言ってる。

(馬鹿。この期《ご》に及んで何ビビってんだよ)

不甲斐《ふがい》ない自分を叱咤《しった》して、ぐっと顎骨《がっこつ》を食いしめた。いったん腕を下ろし、深呼吸をして、胸のざわめきをやり過ごす。

オレがここで逃げたら、D&Sのみんなが泣くことになるんだ……。

ふーっと息を吐き、えいやっともう一度腕を持ち上げ、勢いボタンを押した。息を止めて待っていると、数秒の間を置いてインターフォンが応答する。

『——ハイ』

耳に届いた声は、世羅の低音じゃなかった。

「……へ？」

予想と違った声に虚《きょ》を衝《つ》かれ、思わず間抜けな声が出てしまう。

世羅じゃない!?　って、だ、誰？

『どなた？』

予想外の展開に狼狽《ろうばい》して、しどろもどろに答えた。

「あ……オレ、じゃなくって私、世羅くんの同僚の有栖と申しますが」

『ああ、きみか！　入って』

ピーッとロックを解除する電子音が響き、ガラスのドアが滑らかにスライドする。

きみかって、なんだかオレを知っているみたいだったけど。

戸惑いつつも、広々として天井の高いロビーに足を踏み入れる。顔が映り込みそうに磨き上げられたみかげ石の床をカツカツと鳴らし、例によって最上階直通のプライベートエレベーターへ。

最上階でスライドドアが開くと、目に映る扉はひとつだけ。

その重厚な木製の扉の前に立ったオレは、ごくっと息を呑んだ。

おずおずと指を伸ばし、チャイムを押しかけた寸前、まるでタイミングを計っていたみたいに、ガチャッとドアが押し開かれる。

「いらっしゃい」

玄関からにっこりと笑いかけてきたのは、プラチナブロンドに明るいブラウンの瞳の男だった。

「ラ…ラウル!?」

思いがけない再会に、大きな声が飛び出す。

一般にはまださほど知られてはいないが、トレンドに敏感な人間たちの間では今一番イケてると話題の、NYを拠点としたブランド【ビクトリア・J】。その【ビクトリア・J】の顔であり、カリスマ的人気を誇るクリエイティブ・ディレクター、ラウル・ジュリアン。通称R・J。

彼に初めて会ったのは、【ビクトリア・J】が東京で一晩だけ開いたシークレットパーティの会場だった。

ラウルと世羅が懇意《こんい》の仲であることを知ったのも、その時。

実はその後、日本での事業展開に本腰を入れるためのビジネスパートナーを探していた【ビクトリア・J】から、わが『特攻プレゼンプロジェクト』チームにプレゼンの依頼がきたのだが、ラウル自身が忙しくて来日のメドが立たず、顔合わせはペンディングになっていたのだ。

「東京にいらしていたんですね?」

まだ動揺を引きずりながらも尋《たず》ねると、「そう」とうなずかれる。

「実はついさっき着いたばかりでね」

英語ではなく、流暢《りゅうちょう》な日本語で継いできた。そういや、世羅に習ったんだと言っていたっけ。

オレも一応、日常英会話程度なら話せるけど、やっぱり日本語が通じるのは助かる。

「そうだったんですか」

「明日にはきみの会社にも連絡を入れようと思っていたんだけど」

ということは、そろそろ次の仕事が始まるってことで。いよいよ今日中に世羅と話をつけておかないと——。改めて気を引き締めたオレは、重ねて問いかけた。

「あの、世羅は？」

「今、シャワーを浴びているとこ」

「あ、そうです…か」

うなずきかけて、途中で言葉が途切れる。

（ん？　シャワー？）

目を見開いてよーく見ると、ラウルも髪が濡れている。ラフに開かれたシャツの胸許から覗く白い肌もしっとり湿っていて、見るからにたった今、シャワーから出たばっかりって感じ。

ちょ、ちょっと待て。

オレは鼻の頭にしわを寄せて考えた。

（この状況って……？）

まさか……とは思うけど、も、もしかして世羅とラウルってそういう関係だったりする？

いや、普通、男と男でその発想はナシだとは思うが、何せ相手があの、エロエロでバイで節操なしの世羅だ。

あり得る！　と思ったとたん、初めてラウルと会った時の、世羅とのやりとりが脳裏にぽんっと浮かんだ。

——おまえ、R・Jとどういった関係？

——一度仕事で組んだことがあって、以来なんとなくズルズルとつきあいが続いている。かれこれ五年ほどになるか。

あの時、妙に気まずそうだったっけ。

ズルズルと続いている『つきあい』って、つまりは……そういうこと？

五年も前から——。

そう思うと同時、なんでか体中の力がすとーんと抜け落ちるような感覚があった。手足の指先が、すーっと冷たくなるような。

ぼんやりと、目の前の、すっきりと整った美しい貌《かお》を見つめる。オレたちより少し年上かもしれないけど、キラキラのカリスマオーラ全開で、こんなきれいな人に世羅が手を出さないわけがない。

ひょっとしなくてもオレ……まずいとこに来ちゃったんだよな。

「もうすぐ出てくると思うから、上がって待ってて」

玄関の中へと誘うラウルにのろのろと首を振る。

「いえ、あの、オレ……帰ります」

「え？」

「お邪魔しました」

ぺこっと頭を下げ、鞄を抱えてくるっと身を翻《ひるがえ》した直後だった。聞き覚えのある低音がオレの名前を呼んだ。

「……有栖？」

「………っ」

（世…羅？）

びくっと肩を震わせた次の瞬間、誰かが近づいてくる気配を感じたオレは、反射的にその場から駆け出した。わざわざここまでやって来た理由も使命感も、その瞬間はすっぽり頭から抜け落ちて――。

「アリスくん!?」

「有栖っ」

ラウルと世羅の声を振り切るように廊下を走る。だがしかし、エレベーターホールに行き着く前に、後ろから追いかけてきた世羅に捕まってしまった。

左腕を引かれて反転させられ、むりやり向き合わさせられる。後ろへ流された黒髪のせいで、より一層彫りの深さが強調されている貌がすぐ目の前に！

「なんで逃げるんだ？」

凄味のある美貌がオレを睨みつけ、低い声で問い詰めてきた。

「俺に何か話があったんだろう？」

「別に話なんか……手、放せよっ」

まっすぐと射すくめるような視線を避け、身を捩《よじ》る。だけど、世羅の痛いほどの拘束はいっかな緩まなかった。

「放せってば！　馬鹿っ」

「馬鹿はどっちだ。来い！」

唸るみたいに怒鳴りつけられたかと思うと、ぐいっと腕を引かれ、ものすごい力で廊下をずるずる引きずられる。

「放せよっ。この変態！　サドッ。おたんこなすっ」

声を限りにわめいたが、われながら意味不明の罵声《ばせい》はまるっと無視され、ついに部屋の前まで辿り着いてしまった。扉が全開しているので、玄関の中の様子は丸見えだったけど、ラウルの姿はない。

「ほら――入れ」

先に室内に体を入れた世羅に玄関の中に引きずり込まれそうになり、尻込みをして嫌がった。

「嫌だっ。嫌だって言ってんだろ！」

「いいから部屋に上がれっ」

玄関先で怒鳴り合いの攻防を繰り広げていると、奥からラウルが何事かといった顔つきで戻ってくる。綱引き状態のオレと世羅を見て、訝《いぶか》しげに眉をひそめた。

「何をしているの？」

その問いには答えず、世羅が低く告げる。

「ラウル。悪いが、今夜はホテルに泊まってくれないか」

おまえっ、わざわざNYから訪ねてきた恋人になんつー仕打ちを！

オニ！　鬼畜！　人でなし！

青ざめたオレが内心で世羅のエゴイストっぷりを罵《ののし》っている間にも、ラウルは「ふーん、そういうこと」とつぶやいて肩をすくめた。

「わかった」

あっさりうなずき、靴を履くラウルに焦って、オレは叫んだ。

「ちょっ……ラウルさん!?」

「がんばってね」

にこっとさわやかなエールをくれてから、ラウルはオレの傍らを擦り抜け、廊下をスタスタと歩いていってしまう。

「ま、待って！　オレが帰りますから！」

つか、置いていかないでくれ！　こんなケダモノとふたりきりにするなーっ!!

しかし必死の懇願も虚《むな》しく、ラウルの背中はみるみる小さくなっていく。ついにはエレベーターホールに消え——哀れオレは……殺気立った肉食獣のような世羅と取り残された。

2

血に飢えた肉食獣とふたりきり——。

大ピンチ……。

剣呑な『気』を発している傍らの男をこわごわ見上げる。切れ長の双眸が射るようにオレを見下ろしているのを知って、嫌な汗がつーっと脇を伝った。

死んでも放すものかといった強さで、世羅の手はオレの手首を拘束している。とてもじゃないが、振り払って逃げられそうにない。

こ、このままだと……食われる？

それは嫌だ。

この前の二の舞だけは嫌だ!!

十日前の痴態《ちたい》を思い出すだけでパニクりそうになる自分を、懸命に諌《いさ》めた。

(お、落ち着け)

どうせ逃げられないなら、いっそこの状況を利用して、リストラの件について問い詰めるっていうのはどうだ？　そもそもここまで来た目的はそれだったんだから。

ナイスな発想の転換だ、オレ。

自画自賛のあとで、さらに考えを巡らせた。

そんでもって目的を果たしたあとは、世羅を油断させるか隙を突くかして、とっととここから逃げ出す。

——よし。

それにはまず、『血に飢えた狼』をクールダウンさせることだ。

頭の中でざっと算段したオレは、口角を持ち上げてむりやりな笑顔を作る。

「あのさ……もう逃げないから」

できるだけ冷静な声を装い、宥《なだ》めるように言った。

「だから、手、放してくんない？」

「…………」

だけど、世羅はそんなおためごかしに誤魔化《ごまか》されるつもりは毛頭《もうとう》ない、といった冷ややかな一瞥《いちべつ》をくれるだけ。いっこうに収まる気配のない猛々しい獣オーラに、せっかく引いた汗がふたたびじわっと滲《にじ》み出た。

「わ、わかった。放さなくていいから、とにかく部屋に上がろう」

言いながら、敵の警戒を解くために、率先して靴を脱ぐ。

——あれ？

その段で気がついたのだが、なんと世羅は裸足だった。シャツの胸許がはだけ気味なのはシャワーを浴びたばかりだからとしても……そこまでなりふり構わずオレを追いかけてきたのかと思ったら、なんだかちょっと複雑な気分になる。

(……いつも完璧コーディで決めてるカッコつけ男が……廊下を裸足で?)

世羅にとってオレは、本命(ラウル)がいない間の火遊びの相手でしかなくて、要らなくなったら切り捨てるだけの捨て駒なハズなのに?

虚を衝かれ、少しぼんやりしていたオレの腕を、世羅がぐいっと引っ張った。反動で鞄が床に落ちる。拾い上げる暇もなく、さらにぐっと引かれた。

「えっ……ちょっ……どこ行っ」

そのまま内廊下をぐいぐいと引きずられ、辿り着いた先は……し、寝室!?

おいコラッ、客を迎え入れんのは、ふつー、リビングだろっっ!

ツッコんでる間にもバンッと足でドアを蹴り開けられ、目の前に広がった見覚えのある空間に、十日前の記憶がまざまざと蘇ってきた。

浴室で初めて体を繋げたあと、ここに移動して——言葉責めに「やっ…そんなこと言うな……やぁ」と嫌がりながらもものすごーく感じてしまった自分とか、一回イッたあとでさらに激しく責め立てられて「あっ…ま…た……いっちゃうっ」と立て続けに極めた自分とかが赤裸々《せきらら》に!!

(ひーっ)

声にならない悲鳴が迸《ほとばし》り出て、血圧が一気に急上昇。どっと汗が噴き出す。

さすがにここまで直球な展開は予想していなかったオレは、ものすごーく焦った。お茶の一杯も出さずに寝室に直行って……!!

マジでここにいるのは人間の皮を被ったケダモノですか!?

「世羅っ……ま、待てって！」

なんのエクスキューズもなく、当たり前のように中央のベッドへ突進しようとする男に、たたらを踏みつつも懸命に訴える。

「は、話！　話がしたいっ」

「……話？」

振り返った世羅が不機嫌そうに片眉をそびやかした。

「そ、そう、話だ。おまえに話があって、オレはここまで来たんだから！」

決して、ヤリにきたわけではない！　ということを精一杯主張したが。

「あとでな」

そっけなくスルーされて、声が裏返る。

「な、なんでっ？」

「その『話』とやらでこっちの気を削いで、なんだかんだ理由をつけて逃げ出すつもりだろうが」

痛いところを突かれ、「うっ」と息が詰まった。す、鋭い……。

狼狽もあらわなオレの顔を昏《くら》い瞳《め》で見下ろしていた世羅が、おもむろに吐き出す。

「そうはさせるか」

「………っ」

「この十日間、散々に振り回しやがって」

苛立ちが滲む低音に両目を見開いた。

「……振り回した？　って、オレが？」

思わず問い返したら、すかさず「おまえが、だ」と凄まれる。

「初めて抱き合った余韻に浸《ひた》る間もなく、人の顔を見れば逃げ回り、天敵を前にした野良猫よろしく毛を逆立て、あまつさえ足蹴《あしげ》にしやがる。そこまで嫌なら……と距離を置こうと思った矢先、今度はマンションまで訪ねてきた。しかも、そっちから会いに来ておいて、顔も見ずに逃げ出しやがった……」

忌々《いまいま》しげな口調《くちょう》でねちねちと詰《なじ》られ、困惑に眉根を寄せた。

「それは……」

ラウルがいたからだとは、口にできなかった。だってそれじゃあまるで、オレがラウルの存在に傷ついたみたいで。

「だ、だから……」

口籠るオレを昏い双眸で睨みつけていた世羅が、低く問う。

「おまえは俺をおちょくって遊んでるのか？」

「おちょくってなんか」

いない、と、首を振った。遊んでるわけでもない。つか、遊ばれてるのはどっちかっていうとオレのほうで。振り回してんのだって、おまえのほうだろ？

そんなふうに考えているうちに、だんだん腹が立ってきた。なんか世羅の言い分だと、オレが男を惑わすとんでもない『悪女《ファム・ファタール》』みたいじゃんか。セクハラ三昧《ざんまい》の挙げ句、バージン奪われたこっちが悪女扱いなんて、どう考えても割が合わない。

むっと眉間に縦筋を刻むオレを、世羅が真顔で問い詰めてきた。

「ならば俺のことは……どう思っているんだ？」

って、そんなこといきなり訊かれても。

「どうって……」

ちょっと前までの世羅は、いけすかないけど、いざという時には頼りになる同僚で、ライバルでもあった。だけど今は男同士なのにエッチしちゃった仲で、なおさら『敵』でもある。

(――そうだ。『敵』だ)

こいつはオレたちの『敵』なんだ。

改めて目の前の男と自分が敵対関係にあることを再認識したオレは、双眸に力を込めて世羅を睨みつけた。

『敵』なのに、弄《もてあそ》ばれているだけなのに、なのにどうしてもその存在に振り回されてしまう自分。

そんな自分を断ち切るために、挑戦的に吐き捨てる。

「おまえのことなんか、どうも思ってねぇよ」

「……っ」

言い放った瞬間、世羅がかすかにたじろいだ。ただでさえ機嫌がいいとは言えなかった顔がますます険を孕《はら》む。うっそりとひそめられた眉。褐色の瞳が物騒な閃光を放った――と思った刹那《せつな》、摑まれていた腕にぐっと圧力がかかる。

「い、痛いっ」

抗議の声も無視され、今までで一番の強さでキングサイズのベッドまで引きずられた。ベッドに辿り着くやいなや、どんっと胸を突かれる。

「あわわっ」

衝撃に体が反り返り、バランスを取ろうともがく両手も虚しく、オレはベッドカバーに背中から落ちた。

「うぁっ」

起き上がろうと手足をバタバタさせている間に、スプリングをぎしっと軋《きし》ませて、世羅がベッドに上がってくる。下半身に乗り上げてきたかと思うと、次にすかさず両手をベッドに押しつけられた。

「何すんだよっ」

なんとか抗おうとしたが、四肢をホールドされてしまった状態では、身を捩ることすらままならない。

「退けよ！　馬鹿っ」

癇癪《かんしゃく》を起こして怒鳴っても、世羅は不気味な鉄面皮《てつめんぴ》のまま微動だにせず――やがてゆっくりと上体を倒してきて、オレの耳許に低く囁いた。

「『話』があるなんて、持って回った言い方をするなよ」

意味がわからず、瞠目《どうもく》した直後、ふたたび鼓膜が震える。

「誤魔化していないで正直に言え」

「はぁ……？」

「抱かれに来たんだろ？」

とんでもない勘違いにカッと顔が熱くなった。

「誰がっ」

「あれから十日だ。そろそろ体が疼《うず》き出す頃だろうしな」

「変な言いがかりつけてんじゃねぇ！」

だけど、世羅は表情ひとつ変えずに、勝手な妄想を淡々と紡ぎ続ける。

「ただでさえ人一倍感じやすい体なのに、男の味を知ってしまった今、ひとりで慰めるにも限界があるだろう」

お、男の味とか言うなっ！

「つか、人の話ちゃんと聞けよっ！」

「素直に言えば、やさしく抱いてやる」

傲慢《ごうまん》かつ偉そうな物言いに、カチーンとくる。

「誰がおまえなんかにっ！」

ぴきっと、世羅のこめかみに青筋が走ったのがわかったが、こっちもいい加減、やつの勘違い野郎っぷりに怒り心頭していたから、言葉が止まらなかった。

「二重人格の変態っ！　おまえとヤルくらいなら、そこいらの男でも引っかけてヤッたほうが百倍マシなんだよ！」

言うことを言って、すっとしたのも束の間。

すぐ間近で何かがぶつっと切れる音が聞こえたような気がして――。

（……あ？）

嫌な予感に、おそるおそる世羅の顔を見上げた。

「……どうやら、酷《ひど》くされたいらしいな」

地を這う低音。くっきりと眉間に刻まれた縦筋。眦が吊り上がった双眸。

しまった。地雷、踏んだ？

（本気で怒らせちまった……かも）

頭の片隅で警鐘が鳴った時にはもはや遅く――。

「他の男では満足できないようにマーキングしてやる」

低い囁きが落ちるのとほぼ同時に、気がつくとオレの唇は世羅の熱い唇に覆われていた。

「っ……んっ」

不意を衝かれた唇を強引にこじ開けられ、獰猛《どうもう》な舌が入り込んでくる。

「んん……む…ん、ぅんっ」

口腔内を蹂躙《じゅうりん》し尽くす勢いで掻き回され、唇の端から唾液が滴《したた》った。呼吸ごと奪う激しさに、
頭の芯がぼんやり霞《かす》み始める。

情熱的なキスで翻弄しながら、世羅が力の抜けたオレのスーツの上着に手をかけ、乱暴に剝ぎ

取った。続いてネクタイに手をかけ、ノットを緩める。片手で器用にしゅるっとネクタイを引き抜くと、オレの両腕をバンザイさせるみたいに持ち上げた。

「……ん……ふ」

嵐のようなキスから解放されたあとも、酸欠で頭が朦朧《もうろう》として、とっさに自分の置かれた状況が把握できなかったオレは、しばらく涙目のままハァハァと胸を喘《あえ》がせたのちに、ようやくハッとわれに返る。

……何コレ？

交差した手首を頭の上でひとつにまとめられ、しかもネクタイで縛られている己の姿に愕然《がくぜん》。

き、緊縛プレイ？　ソフトＳＭ？

「解《ほど》けよっ」

顔を真っ赤にして叫んだ。が、しかし、世羅は唇をいやらしく歪めるだけ。

「懐かしいな……半年前を思い出す」

「……半年前？」

「覚えているか？　六本木《ろっぽんぎ》のクラブで偶然顔を合わせたあと、上の階のホテルで初めておまえと——」

意味ありげな口調が呼び水となり、当時の忌まわしい記憶がリアルにフラッシュバックしてきた。

——感じやすいな。

——中もぬるぬるで……前もびっしょり…。

——ほら、ヌメヌメだ。

忘れてたまるか。あそこで初めて『黒世羅』と『ご対面』したんだからな。

つかそうだ！　あの時もネクタイで縛られて、散々に嬲《なぶ》られたんだった。くそーっ。

「あの時から、おまえは感じやすかったよな。ちょっと弄《いじ》っただけで、俺の手をびしょびしょに濡らして」

わざとに違いない。嬲るような囁きに、オレは唇を食いしめた。熱っぽい世羅の視線からフイッと顔を背ける。

挑発に乗ったら負けだ。相手にするな。反応すれば、こいつの思う壺だ。

そう思っていたのに——。

「後ろを指で弄ったら、キュウキュウに締めつけて、かわいい声でイッた」

耳殻《じかく》に唇を寄せて吐息混じりに吹き込まれ、カーッと体が熱くなる。

「うるさいうるさいっ」

頭を左右にパタパタと振った。聞きたくないのに、腕を拘束されているから、耳を塞ぐこともできない。

「この前の夜も、初めてとは思えないほど感じて、腰を振り立ててよがっていたよな。覚えているか？」

「んなの、覚えてな…っ」

「もう忘れたのか？　じゃあ俺が、おまえのカラダがどんなに浅ましく男を銜《くわ》え込むか、思い出させてやるよ」

　言うなり世羅がシャツの上から胸に触れてきた。かすかな尖りをきゅっと摘《つま》まれて、体が反り返る。

「あっ……」

「いい声だ」

　満足げにつぶやいた世羅が、さらに乳首を嬲った。指の腹で擦ったり、押し潰したり——悪辣《あくらつ》な指で施される愛撫と、布地に擦れる刺激とで、先端がジンジンと熱を持ってくる。

「もう尖ってきたぞ。相変わらず、感じやすいな」

　含み笑いで囁かれ、悔しいのに、まるでその声に煽られたかのように、体がどんどん火照《ほて》って、敏感になってきて。

　世羅がシャツの前ボタンをひとつずつ外していく——その動作にさえ感じる。開いた前立ての隙間から大きな手のひらが滑り込んできて、つ…、と左の乳首に触れた。

「………っ」

　びくっと胸が震え、肌が粟立つ。すでにしこっていた乳首を直截に何度も弄られ、そのぴりっと甘く痺《しび》れるような刺激に、堪えきれない声が漏れる。

「ん、あっ」

　嫌だ。そこばっかり……。

こんなふうに、男でも胸を愛撫されれば感じるなんてこと、つい最近まで知識すらなかった。いわんや、自分の乳首が刺激によって女の人みたいに腫《は》れ上がり、そこから芽生えた官能の兆《きざ》しが全身に広がっていくなんて、全然知らなかった。

こんな……こんなのは、自分の体じゃないっ。

「や、っ……」

ぴちゃりと濡れた感覚に悲鳴が出る。いつの間にかシャツの前が全開になっており、裾も引き出されていた。露《あら》わになった胸に顔を寄せた世羅が、ざらつく舌先で乳首を舐めながら、脇腹をさすっていた手をゆっくりと下ろしていく。

「………っ」

徐々に核心に迫りゆく手の動きに、無意識にも喉がこくっと鳴った。

やがてベルトの金具を外すカチャカチャという音が聞こえ、スラックスの前をくつろげられる気配。なんとか阻《はば》もうと身を捩るオレをあざ笑うみたいに、一気に下衣を引き下ろされ、さらには脚からも抜かれてしまった。

上はシャツ一枚に、下は下着一枚という、なんとも心許ない格好に小さく震えていると、いきなり世羅が下着の中に手を入れてきた。乳首の刺激だけで形を変えてしまっている浅ましい欲望を握られて、「ひっ」と息を吞む。

狭い布地の中で、節ばった長い指が軸に絡みつき、括《くび》れをなぞられ、裏筋を撫で上げられた。たちまち先端からつぷっと透明な蜜が溢れ出て、下着にシミを作る。

「濡れるのが早いな……。あれから、自分で慰めていなかったのか？」

世羅の問いには、唇を噛み締めて首を横に振った。――白状すれば、世羅とのことを思い出すたびに体が熱くなった。だけど、アレをオカズに抜いたら人間失格だと思って、我慢に我慢を重ね、耐え抜いたのだ。

「そうか……じゃあ、ココにも随分と溜まっているな」

どこかうれしそうにつぶやいた世羅が、双球を握り込んでくる。揉み込むみたいに手のひらで転がされると、欲望の先の切れ込みから、また先走りがじゅくっと漏《も》れた。滴り落ちた滴を軸に塗り込まれ、くちゅくちゅと音を立てて上下に扱《しご》かれる。

「あっ、あっ」

甘い嬌声が立て続けに零れ、自由の利かない体が弓なりにのけ反った。はしたない欲望は、もはや苦しいくらいに、下着の中で膨れ上がっている。

「苦しそうだな」

低音が落ち、ドロドロになった下着を剝ぎ取られた。

「……うッ」

素肌に冷気が触れる感覚におののいた一瞬後、両方の太股を摑まれ、大きく脚を開かされる。

「い、やっ……嫌だっ」

必死に脚を閉じようとしたけど、世羅の体が邪魔で果たせず、なおさら両手を縛られている状態ではいつも以上に力が出なかった。

今にも腹にくっつきそうなくらいに反り返ったペニス。濡れて淫猥《いんわい》に光る先端。付け根まで滴った先走りでしっとりと湿ったヘア。

恥ずかしい自分をあますところなく、すべて世羅に見られているのだと思ったら、泣きたくなった。実際、眦に涙が滲む。

死にそうに恥ずかしい。いっそ死んでしまいたい。

屈辱と羞恥に悶《もだ》える心とは裏腹に、世羅が与えてくれる悦楽を知ってしまっている欲望は、熱っぽい眼差しに反応してより一層勃《た》ち上がり、ふるふると揺れている。

相反するココロとカラダを持て余し、オレは奥歯をきつく食い締めた。

「誘ってんのか?」

揶揄《やゆ》するみたいに言って、世羅が震える性器の先端を軽く指で弾く。びくんっと跳ねた股間に顔を埋めたかと思うと、昂《たかぶ》ったソレを口に含んだ。

「ひぁっ」

熱い口腔《こうこう》内に包まれ、吐息混じりの悲鳴が漏れる。開いた両足の間に体を入れられているので、逃げを打つこともできず——がっちり固定されたまま、舌と唇で散々に嬲られた。先端の穴を舌先でこじ開けられ、強烈すぎる刺激に腰がびくびくと跳ねる。

「あっ、あっ……は…ぁ」

気持ちがいい……。さすがは男同士というか、世羅の舌遣いは絶妙で、的確にオレの快感のツボを突いてくる。頭の芯が白く歪んで、体が今にもトロトロと蕩《とろ》け出しそうだった。

「も…も、う」

イッちゃう。

「で…出るっ……出ちゃうよっ」

切実な焦燥に駆られ、おぼつかない口調で必死に訴える。

「おねが……っ」

両手を拘束されているから、自分で退けることはできない。だからこその懸命な懇願は、しかし聞き入れられなかった。

「まじで出ちゃうからっ！……世羅っ」

切羽詰まった声を出した直後に不意に世羅が口を離す。ほっと息を吐く間もなく、尻を両手で摑まれ、ふたつに割られた。

「………ッ」

自分でも見たことのない奥まった秘所に、尖らせた硬い舌先がぐぐっと入り込んできて——初めて知る愛撫の衝撃にオレの喉がひーっと鳴る。

そ、そ、そんなとこを舐《な》めるなんて！

「やっ、やめっ……汚な…ッ」

涙声で叫んだけど、世羅は内襞《うちひだ》を広げるようにして唾液を中へ送り込む動作を止めなかった。

とんでもない場所から聞こえるピチャピチャという水音が、気が狂いそうに恥ずかしい。

なんでそんなこと？　頭おかしくなったんじゃねーの!?

パニクッている間に今度は、唾液でぬるんだ窄《すぼ》まりに、つぷっと指が入ってくる。

「アッ……」

体内の異物感に眉をひそめていると、節ばった長い指が内襞を擦った。何かを探り当てるみたいに、何度か抽挿《ちゅうそう》を繰り返す。やがて鉤《かぎ》状に曲げた指先が、ある一点をかすめた瞬間、オレの腰が大きくうねった。甘い衝撃が脳天まで突き抜ける。

「あぁんっ」

例の——擦られると、すごく感じちゃう場所。

「ココが……おまえの……いいところなんだよな?」

感じる部分を指先で抉《えぐ》るように抜き差しされるたび、つぷっ、つぷっと先端から蜜が溢れ出る。

「や、だ……そんなに掻き混ぜちゃ……っ」

「やめていいのか? 今にも食いちぎりそうに俺の指を締めつけているぞ?」

(ちくしょう……)

本当はラウルと寝るつもりだったくせに。

別の男と寝る予定だったベッドで、自分を抱こうとする男が許せなかった。

許せないのに……。

「んっ……あっ、あん」

甘ったるい声が零れるのを、もはや自分では制御できない。

巧みな指遣いに、どうしても淫《みだ》らに腰が揺れてしまう。

そんな酷い男の愛撫に感じてしまう自分、快感に流される自分は、もっと許せなくて……。

白くなるほど唇を噛んでいたら、ずるっと指を抜かれた。

「あっ」

突然の心許なさに小さく震える。世羅の指に慣らされたソコが、ひくひくと物欲しげに蠢《うごめ》いているのを自覚して、自分の浅ましさにクラクラした。

これじゃあまるで……欲しがってるみたいじゃん。

もう、自分で自分がわからない。

（こんなのオレじゃない）

混乱のままに、潤んだ双眸で目の前の世羅をぼんやりと見上げた。膝立ちした男が、スラックスの前をくつろげ、下着の中から欲望を取り出す。主に似て姿形のいいそれは、すでに猛々しいほどに張り詰めていた。

それが――体内を情熱的に行き来した際の、頭が痺れるような熱さ。硬い切っ先で、疼いて堪らない場所を抉られた時の、内側から自分の体が甘く蕩けていく感覚をリアルに思い出し、こくっと喉が鳴りそうになるのをかろうじて堪えた。

ギシッとベッドが軋んで、世羅がもう一度オレに覆い被さってくる。

「……有栖」

熱を帯びた低音で名前を呼ばれて、背中がぞくっと震えた。欲情に濡れた褐色の瞳が、オレを熱っぽく見下ろしてくる。

二重人格で、バイで、節操ナシで、相手なんて誰でもよくて。

なのに。なんで、そんな切なそうな顔するんだよ。

世羅の視線に晒《さら》されているうちに、こっちまでどんどん胸が苦しくなってくる。

「入れるぞ?」

びっくりするほど真剣な眼差しで見つめながらの確認に、なぜか首を横に振ることができなかった。たぶん、世羅はオレが本気で嫌がったら最後までしない。そんな気がしたけれど……。

「………」

返事がないのを了承と取ったのか、改めてオレの両脚を割って抱え直した世羅が、灼熱の塊を窄まりにあてがった。先端が少し入ってきた——次の瞬間、ぐぐっとものすごい圧力を感じて、衝撃に背中が浮く。

「いっ……あっ、」

三度目とはいえ、もともとそのための器官じゃない場所に受け入れるのは、やっぱりきつかった。並みの大きさじゃないから余計に。

「……狭いな」

世羅もまた、苦しそうな声で囁く。

「もう少し、緩められるか?」

「できなっ……」

「できるはずだ。この前、俺のをちゃんと全部呑み込んだだろう?」

「ん、んっ」

「力を抜け。息を止めずに吐いて。……そうだ、上手いぞ」

宥められ、励まされつつ、少しずつ世羅を呑み込んだ。最後は揺すり上げられるようにして、最奥までぴっちりとはめ込まれる。

はぁ……と息を吐いていたら、肉感的な唇が近づいてきて、眦の涙をそっと吸い取った。

「偉いぞ。よくがんばった」

甘い低音のねぎらい。

さっきまであんなに意地悪だったのに、急にやさしくなるなんて、ずるい。

(世羅が、中で……どくん、どくん、言ってる)

腹の中いっぱいの充溢《じゅういつ》に、世羅が自分の中にいるのを実感して——なんでだろう。泣きたくなった。たしかに体勢的に苦しいけど、そのせいだけじゃない気がする。

お互いの体温が馴染《なじ》むのをしばらく待ってから、世羅がゆっくりと腰を使い始めた。熱い脈動が、きつく閉じた粘膜を押し開くみたいにじりじりと奥まで侵入してきたかと思うと、その大きさと形を知らしめるみたいにゆるゆると引き抜かれる。

おだやかな抽挿を繰り返すうちに、世羅の動きに合わせて、内襞が蠕動《ぜんどう》し始めるのを感じる。世羅もそれを察したのか、初めは緩やかだった抜き差しが、だんだんと激しく、ピッチが上がっていく。

「んっ……は、ぁ、んっ」

硬い楔《くさび》を激しく打ちつけられ、加減を忘れたみたいにがくがくと揺さぶられた。両手の自由を奪われているオレは、何かにすがりつくこともできず、嵐の海を漂う木《こ》っ端《ぱ》みたいに、ひたすら世羅の激しさに翻弄されるしかない。

「おねが……手……解いてっ」

涙混じりの懇願に、抽挿がぴたりと止まり、世羅がじっとオレを見下ろしてきた。うっすらと額に汗の浮いた、その艶めいた美貌を見つめて訴える。

「も、……逃げない、から」

手首を戒めていたネクタイが解かれた。すぐに抽挿が再開され、オレは自由になった手で、必死に世羅の背中にしがみつく。振り落とされないように。置いていかれないように。

「は、……あっ、あぁ」

余裕のない激しさで責め立てられ、硬い背中に爪を立てた。一番感じる場所を集中的に穿《うが》たれて、高い嬌声が迸《ほとばし》り出る。

「やぁっ…ん、あん、あっ」

どんどん追いつめられていく。体中に世羅を埋め込まれ、もう、逃げ場がない。

このままじゃ、どうにかなっちゃう——ッ。

「い…く、いっ…ちゃう、よ」

すすり泣くように訴えると、さらに深く突き入れられる。

「世羅……せ、らぁっ」

名前を呼んだ刹那、噛みつくみたいに口づけられた。声を塞がれてしまえば、体内に膨らんだ快感の渦を逃す術《すべ》も――もうなくて。

「ん、ぅ、……んっ」

口腔内と体内を同時に掻き回されながら、オレは絶頂までの階段を一気に駆け上がった。

――またやってしまった。

(……最悪)

シャツ一枚でベッドに俯せに横たわった状態で、枕に向かって「はぁーっ」とうっとおしい嘆息を吐き出す。

腰はだるいし、無理な体勢を強《し》いられていたせいで腕とか脚の付け根も痛いけど、それより何より、悔恨の念で胸がどんよりと重苦しい。

なんで流されちゃうんだよ、オレ。

いくら世羅がエッチ上手くっても、快楽に弱すぎ……。

相手は、オレたちを切り捨てるために派遣された『敵』なんだぞ。

そのあたりを鋭く追及するつもりが、世羅のエロエロ攻撃の返り討ちにあって、気がつけばベッドに組み伏され――ネクタイで縛られ、いいように嬲られて。

しかも最後のほうは自ら腰を振り、世羅が与える快感を夢中で貪《むさぼ》ってしまっていた。やつの背中にしがみついて、甘ったるい嬌声を振りまいた自分を思い出すと死にたくなる。

(あり得ねーよ)

あんあん喘いでる場合かっつーの。

自分の駄目さ加減につくづく目の前が暗くなる気分だった。超ブルー……。

気分はどん底、コンディションも最悪だったが、いつまでも沈没しているわけにはいかない。

オレは両腕をシーツに突っ張り、じわじわと上体を起こした。腰を庇《かば》いつつベッドから下りて、床に立ってみる。

例によって、どうやら世羅が気遣ってくれていたようで(その余裕にちょいムカ)、……さほど深刻なダメージはなさそうだ。

これならなんとかなる。

アフターケア、つーか当面の事後処理は、さっきオレが放心している間に世羅が済ませておいてくれていたんで、まずは床に落ちていたスーツのスラックスを拾い上げ、脚を通した。

ノーパンってのが、なんとも心許なく気持ちが悪かったけど、仕方がない。下着はドロドロになっちゃったしな。

全開していたシャツの前ボタンを留めて、裾をスラックスにたくし込み、ベルトを締めた。ベッドヘッドに引っかかっていたネクタイを摑んでシャツの胸ポケットに突っ込む。

とりあえず、これで見た目はそんなにおかしくないはずだ。まだ尻の間に何かがはさまっているような異物感があるなんてことは、外見からはわからない。

男とセックスしてきたばっかりなんて絶対バレない。大丈夫。

自分に言い聞かせて、最後に乱れた髪を手櫛《てぐし》で撫でつける。泣いた痕《あと》とか顔についてたらやだなーと思ったが、鏡がないから確かめようがなかった。

「……痛《いた》」

これまた床に落ちていたジャケットを拾い上げようとして、腰に走った鈍痛に顔をしかめる。動くとまだちょっと痛《いて》ぇや。けど悠長に体を休ませる気分じゃない。

とにかく一刻も早く、世羅と抱き合った記憶も生々しいこの部屋から出たかった。早く、ひとりになりたい。

拾い上げた上着を羽織《はお》ったところでドアが開き、片手にビニールに入った衣類らしき包みを手にした世羅が寝室に戻ってくる。先程、事後処理に使ったタオルとかを持って部屋から出ていったんだが――。

「有栖。服はクリーニングに出すから代わりの着替えを……」

顔を上げた世羅が、すっかり服を着込んで、今にも帰ろうとしているオレに驚いたように、その場で固まった。

「どうした？」

問いかけに、オレは世羅の顔を見ないまま、ぶっきらぼうに答える。

「帰る」

「帰るっておまえ」

つと眉をひそめた世羅が、オレの側まで近寄ってきて肩に手をかけた。

「まだ無理だろう」

その手を邪険《じゃけん》に振り払い、ヒステリックに叫ぶ。

「さわんな！」

「もう少し休んだほうがいい。なんなら泊まってい…」

「うるさい！　帰るったら帰るんだよっ！」

頑是《がんぜ》ない子供みたいに駄々を捏《こ》ねるオレを、困惑げな面持ちで見つめていた世羅が、やがてため息混じりに「わかった」とうなずいた。

「じゃあ車で送っていく」

その申し出にははっきりと首を振る。

「いい。タクシー使うから」

「俺が車を出すから、ちょっとここで待っていろ。すぐに戻るから。いいな？」

念を押した世羅がキーを取りにリビングへ引き返した隙に、オレは寝室を出て玄関へ向かった。

誰が待つかってーの。

内廊下の壁に立てかけてあった鞄を引っ掴み、玄関のドアから出る。廊下を早足で駆け抜け、エレベーターのボタンを押した。ちょうど十四階で停まっていたらしく、すぐに開いた箱に飛び乗り、『閉』のボタンを押す。

「有栖！」

ガチャッとドアが開く音が廊下に響き、世羅がオレを呼ぶ声が聞こえてきた。その声にびくっと肩を震わせたオレは、姿は見えねどどんどん近づいてくる足音に焦り、『閉』ボタンをカチャカチャと立て続けに何度も押す。そうしたところで早まるわけじゃないことはわかっていたけど。

「早く！　早く閉まれってば！」

「有栖、待てって！」

ついに間近に迫った怒鳴り声が、スライドドアに遮断されて途切れる。間一髪。ドアが完全に閉まると同時に「ふー」っと息を吐き、壁に背中をつけてもたれかかった。

「余計に疲れさせんなよ……」

箱が一階に到着するや、追っ手から逃れるために駆け足でロビーを抜け、エントランスを出る。石畳のスロープを駆け下り、道路に走り出たタイミングで、運よくタクシーを発見。

手を挙げて空車に乗り込み、運転手に「下北沢まで」と告げる。シートに沈み込んでほどなく、上着のポケットの携帯が震え始めた。

ブルルルルルッ。

ポケットから引き出し、画面の着信履歴を見る。案の定、世羅だった。

ブルルルッ。ブルルルッ。

無視していれば諦めるかと思いきや、いっこうにバイブが収まる気配はなく、あんまりしつこいので電源を切った。

シンと静かになった車内で、ぐったりと背もたれにもたれかかる。ダッシュの余韻に肩を喘がせながらも、ぼそっとつぶやいた。

「何やってんだ……オレ」

「ただいま……」

自宅に戻り、重くだるい足腰を引きずるようにして、二階へ上がる。

自分の部屋に入るなり、オレは上着も脱がずにベッドへダイブした。ふわふわ羽毛の掛け布団にしばらく顔を埋めてから、のろのろと半身を返す。天井に向かってひとりごちた。

「……なんのために、あいつのマンションまで行ったんだよ」

結局、リストラの件はまったく話せてないし。

「もう……最悪」

右腕を持ち上げて、手首で両目を覆った。

ここまでどっぷり自己嫌悪の海に首まで浸《つか》るのはひさしぶりかもしれない。この前、仕事で黒星を喫した時も落ち込んだけど、あれとは種類が違う。

二度とは流されないと心に固く誓っていたのに、たった十日でこのザマ。飛んで火に入る夏の虫よろしく、自ら虎穴《こけつ》に入って虎児《こじ》を得ず、どころか自分がぱっくり食われちゃうなんて。

ダメダメ。ヘタレ。学習能力ゼロ。

どんな言葉で罵ってても足りない気がする。

あまりに不甲斐なさすぎて涙も出ないぜ。

なんで、こんなことになっちゃったんだろう。

二十七年間、清らかすぎるくらい清く正しく生きてきたのに、ここにきて一変、よりによって男の同僚とのセックスに溺《おぼ》れちゃってる自分が信じられない。

気持ちが伴っていないのに、体だけ重ねて……これって何？　いわゆるセフレ？

こんな爛《ただ》れた関係、嫌だ。オレのキャパを超えてる。

ただでさえこの手の経験値が低いのに……こんな複雑なの、もうどうすればいいのかわからないよ。

3

結局、その夜は頭が変に冴えて眠れず、まんじりともできないままに朝を迎えた。

白々とした朝の日差しの中、起床タイムを告げる目覚まし時計を片手で止めて、いの一番に頭に浮かんだこと。

世羅と顔を合わせたくない。

(会社、休みてぇ)

体もだるいし、本気で有休を取ろうかな。まだ今年に入ってから全然消化してないし……と思った矢先だった。ふと、昨日のラウルのセリフが頭に浮かぶ。

——実はついさっき着いたばかりでね。

——明日にはきみの会社にも連絡を入れようと思っていたんだけど。

つまりは、今日から新しいプロジェクトが始動するってことだ。

「……くそぉ。タイミング悪ぃ」

枕に呪詛《じゅそ》を吐きながらも、渋々とベッドから起き上がった。シャワーを浴びて、歯を磨いて、スーツに着替える。

食欲が湧かなくて朝食を抜いた分、始業の十五分前に会社に着いてしまった。

「……おはよう」

さわやかな早朝に似つかわしくないローテンションな挨拶をつぶやき、最上階角部屋のオフィスに入る。自分のブースの机の上に鞄を置いた直後だった。

「有栖」

背後からの呼びかけに振り向くと、ブースの開放口に、今世界で一番顔を見たくない男が！

エッチしたあと一晩置いて改めて会社で顔を合わすなんてシチュエーション、男女だって微妙に気まずいんじゃないかと思うが、オレたちの場合男同士で、なおさら昨夜マンションから逃げるみたいに飛び出してきたという経緯がある。気まずさはＭＡＸだった。

（うあ、いきなりかよ）

始業までの十五分で心の準備をしようと思っていたのに。

「……世羅」

ものごっつ嫌そうな声を出したのにもかかわらず、世羅はオレのブースに入ってきた。

「は、早いじゃん」

「おまえを待っていた」

「待っていた？」

どうやら、かなり早めに出社してオレを待っていた——ということらしい。

ひょっとして、逃げ出したことで文句を言われるのかと、一瞬、身構える。

「体のほうは大丈夫か？」

しかしどうやらそれは取り越し苦労だったようで、本気で心配そうな声音に面食らいつつも、横目で世羅を睨みつける。……んなこと職場で訊くな。

「場をわきまえろよ。誰かに聞かれたらどーすんだよ？」

低い声で凄むオレを無視して、世羅がさらに一歩近づいてきた。

「あのあと——携帯に何度もかけたが繋がらなかった」

そりゃあ電源切ってたからな。

内心でこっそりつぶやきながらも「……ふーん」と嘯《うそぶ》く。

「家まで様子を見にいこうかとも思ったんだが、おまえは家族と同居だし、時間もかなり遅かったんで遠慮したんだ」

「………」

何やらじりじりと追い詰められる気分で黙っていると、突然、目の前の世羅が頭を下げた。

「昨日はすまなかった」

「世…羅？」

予期せぬ不意打ちに、思わず声がひっくり返る。

あの世羅が謝るだけでもびっくり仰天《ぎょうてん》なのに、頭まで下げるなんて！

しばらく呆然と両目を見開いてフリーズしていて、だがほどなく、意表を衝かれた衝撃と交錯するように、腹の底からフツフツと怒りの感情が込み上げてくる。

何、謝ってんだよ？

聞きたくねぇよ、そんなセリフ！

「……謝るくらいなら初めっからするなよっ」

オレのかすれた怒声に世羅が顔を上げた。嫌みなほど整った貌を上目遣いに睨みつけていると、切れ長の双眸がじわじわと細まり、やがて肉感的な唇が自嘲気味に歪んだ。

「どうしてもしたかったんだから仕方がないだろう」

開き直ったような言《い》い種《ぐさ》にいよいよ腸《はらわた》が煮えくりかえる。

「仕方がないだぁ？」

「それにおまえだって本気で嫌がらなか……」

「ふざけんなっ」

憤りに任せて一歩を踏み出し、今にもテーラーメイドのスーツの胸倉に摑みかからんばかりに右手を突き出したその時。

「有栖、ちょっといいか？」

パーテーションの陰から、井筒さんがひょいっと顔を覗かせた。

「あ、はい」

びくっと肩を揺らし、あわてて右手を下ろす。幸い、井筒さんは不穏な空気に気がつかなかったようで、世羅を見て小さく笑った。

「世羅くんも一緒か、ちょうどよかった。ふたりともミーティングスペースまで来てくれ」

「ひょっとして、【ビクトリア・J】の件ですか？」

「そうだ。ようやく動き出すことになってな」

井筒さんの水入りで、天敵を殴り損なったオレは、まだ何か言いたげな世羅の視線を振り切るようにしてブースを出る。

ミーティングスペースには、すでに椿・布施・仁科が揃っていた。オレと世羅が席に着いて、メンバー全員集合。井筒さんは着席せずに、立ったまま話を始めた。

「しばらくペンディングになっていた【ビクトリア・J】のプレゼンだが、プロデューサーのラウル氏が来日して、いよいよ始動の運びとなった」

「今回の依頼主は、本格的なジャパンマーケット展開におけるビジネスパートナーを探しているとのことでしたよね」

銀縁眼鏡を押し上げつつ、仁科が淡々とした口調で確認する。

「ああ、そうだ。今回は他社競合のコンペではなく、われわれがプレゼンテーションの内容でクライアントを納得させることができれば、複数年契約を結んでもらえるとのことだ」

「いきなり複数年?　そりゃー取れたらおいしいっすね」

井筒さんの返答に、ツンツン頭のパンキッシュ布施が明るい声を出した。

【ビクトリア・J】はファッションブランドとして、日本での本格的事業展開はこれからだけど、本国での人気を考えれば、ブレイクはほぼ間違いないだろう。そんな前途有望なブランドと複数年契約することができれば、たしかに会社としてはかなりおいしいに違いない。

「ところで」

ふたたび井筒さんが、無精髭の浮いた顎を撫でながら切り出した。

「みんなも知ってのとおり、今、俺と中島は社内の別チームのコピーの仕事に駆り出されているんだが、これがクライアントの都合で進行が後ろに押してしまっていてな」

「そうなの。本当ならとっくに終わっているスケジュールで、だから引き受けたっていうのもあったんだけど」

椿が肩をすくめる。

「とはいえ乗りかかった船で、いまさら足抜けもできない。当面、俺と中島はふたつの仕事を掛け持ちすることになるので、そのあたりを了承してくれ」

「はい、わかりました」

「了解です」

「そういった事情も踏まえた上で、恒例のプレゼンリーダー選出なんだが。俺としては今回は、有栖と世羅くんのツートップでいったらどうかと思っている」

「え？」

井筒さんの提案に、オレはとっさに斜め向かいの男を見る。もうひとりのフォワード候補の世羅も、虚を衝かれた表情でオレを見返してきた。

世羅と……ふたりで？

「あ、それいいかも。前回の【ＹＡＭＡＴＯ】のプレゼンも、ふたりのコンビネーションで勝利を収めたようなもんだし。もちろん有栖も世羅くんも、ピンでもそれぞれリーダーをやれる力があると思うけど、ふたりのポテンシャルを合わせればより確実だしね」

椿の賛同に、井筒さんもまんざらでもない顔つきでうなずいている。

――弱った……。

推してくれるのはうれしいけど、世羅とツートップっていうのがいただけない。しかも、よりによってプライベートでこじれている時に……。

そりゃあオレだって、純粋に仕事のことだけを考えたら、世羅のフォローは正直心強い。【YAMATO】のプレゼンでコンビを組んでようやく、まぁサッカーで言えばお互いのシュートの癖とか間合いとかが摑めてきた頃合いだったし。

それに、特に今回のクライアントは、世羅と『懇意の仲』だ。

ラウルの趣味や嗜好《しこう》を、世羅なら誰よりもわかっているだろうから……。

そこまで考えたところで、胸にツキッと小さな痛みが走った。

（………？）

オレが反射的に心臓のあたりを手のひらで押さえたのとほぼ同時に、井筒さんがSKトリオに話を振る。

「仁科くんはどう思う？」

ちらっと横目でオレを見てた仁科が、次に世羅を見やり、最後に井筒さんに視線を戻した。

「私たちもまだNY本社の仕事が残っていますし……私は有栖くんだけで充分だと思いますが」

「俺はいいと思うけど？」

仁科の発言に間髪《かんはつ》を置かず、横合いから布施が言葉をはさむ。

「契約を確実に取っていくためには、やっぱ両エースがタッグを組むのが一番手堅いんじゃない？」

「それはまぁ……そうだが」

「本社の仕事は山場を越してるしさ。今後一番優先すべきは新規クライアント獲得でしょ？」

布施の畳みかけるような説得に、仁科が眉間にしわを寄せて考え込んだ。

本来ならば、公私ともにオレと世羅が必要以上に近づくことをヨシとしない仁科にとっても、【ビクトリア・J】の複数年契約はよほど魅力的に映ったのか。思案の末、不承不承というニュアンスではあったものの、結局は首を縦に振る。

「……仕方がありませんね」

「というわけだが、世羅くんはどうだ？」

井筒さんに水を向けられた世羅は、「そうですね」と慎重な口振りで応じる。

「みなさんがそうおっしゃるなら、私としては異存はありませんが。有栖くんはいかがですか」

まっすぐにオレを見つめて問いかけてきた。

「有栖、どうだ？」

さらに井筒さんが追い打ちをかけてくる。

チーム全員の視線が自分に集中しているのを感じて、オレは息を詰めた。

——どうする？

ラウルと世羅の関係も気になるし、ものすごーく気が重いけれど、オレの個人的な感情でチームの和を乱すわけにはいかない。

（それに……）

もしこの仕事が取れたら、リストラの件だって好転するかもしれない。

そもそも、世羅が同僚である以上は、どうしたって仕事でのかかわりは避けられないんだし。

仕事は仕事。プライベートはプライベート。

オンとオフをびしっと切り替えてこそ、いっぱしの社会人。

胸の中で呪文のように唱え、やや強引に自分を説得したオレは、腹をくくって顔を上げた。

「オレも……異存はありません」

言い切った瞬間、視界の端の世羅が、ほっとしたような気がしたのは……目の迷い？

「よし。決まりだな」

井筒さんが左の手のひらを右の拳で叩いた。椿も隣りから「がんばって」と背中を叩いてくる。

「早速だが、ラウル氏が本日これからオリエンテーションをしたいと言ってきている。おまえたち、ふたりで顔を出せるか？」

「今日？　これからですか？」

急な展開に面食らって問い返した。

「取材だなんだとかなり多忙らしくてな。今日の午前中なら時間が取れるそうだ。これを逃すとまたしばらく体が空かないらしい」

それは痛い。基本的にオレってせっかちだから『待ち』の状態ってのが性に合わないんだよな。

できるだけ早くこの件にケリをつけてしまいたい心情も手伝い、急《せ》いた気分で椅子を引いた。

「ヘッドオフィスの場所、どこだっけ？」

なるべく顔を合わせないように目線を逸らしつつ世羅に尋ねる。

「青山だ。骨董《こっとう》通り」

「青山なら十五分で着くよな。おまえ、すぐ出られるか？」

「ああ、大丈夫だ」

相方の了承を待って、オレは井筒さんに言った。

「十一時半にお伺いしますと、先方に伝えてもらえますか？」


【ビクトリア・J】のヘッドオフィスは、骨董通りから一本奥まった通り沿いにあった。

アパレルのオフィスってもっと派手なイメージがあったんだが、ここは外観からしてコンクリート打ちっ放しのシンプルな箱で、室内も余計な装飾はほとんどなく、白と黒、およびグレーで統一された機能的な内装だ。

通された会議室もモノトーンが基本。でもよく見れば、椅子とかテーブルとかのフォルムが凝《こ》っている。もしかしなくても、かなり有名なインテリアデザイナーの『作品』だったりするんだろう。

世羅と隣り合わせに、その『オシャレ』な椅子に腰を下ろして間もなく、ラウルが現れた。今日はスーツを着ている。紺地のピンストライプで細身のシングル。ちょっとシルエットに癖のあるデザインだったけど（自社モノ？）スタイルがいいから問題ナシ。パールピンクのネクタイのチョイスもスタイリッシュで、さすがはカリスマ・ディレクターって感じだ。

ラウルの後ろにはショートボブの小柄な女性、そして営業職らしきスーツの男性ふたりが付き従う。どうやらこれが今回のオリエンのメンツらしい。

「わざわざ来てくれてありがとう」

にっこりと笑って、ラウルが右手を差し出してきた。あわてて椅子を引いて立ち上がり、その白く形のいい手を握る。

「このたびは、プレゼンテーションのお誘いをいただきまして、ありがとうございます。精一杯がんばらせていただきますので、よろしくお願いいたします」

「そんなに畏《かしこ》まらなくていいよ。難しい日本語、わからないし」

にこにこと言われ、微妙に頬を引きつらせながら「あ、はい」と、手を離した。

握手ってどうも慣れない。握る強さはどれくらいなのか、何秒くらいで離すべきなのかとか、考えすぎちゃってぎこちなくなるんだよな。外資系なら日常茶飯事なんだろうけど。

こっちは至って自然に握手を交わしている世羅とラウルを横目に、内心ため息を吐く。

それにしても、こういった明るいところで見ると改めて感嘆しちゃうけど。

（やっぱキレーだよ、この人）

プラチナブロンドがキラキラと後光が射すみたいに輝いていて——思わず仕事だってことを忘れて見とれそうになる。

しかも、きれいなだけじゃなくてクレバーで仕事もできるわけで。世羅が惹かれるのも納得っつーか……。

「どうぞ、座ってください」

ラウルの促《うなが》しで、オレと世羅はふたたび腰を下ろした。

オレたちと向かい合う形で【ビクトリア・J】のスタッフが着席してから、ラウルが改めて口火を切る。

「僕もビジネスで使えるほどには日本語が上手くないので、ここにいるプレスの女性が代わりに司会をしてくれます。彼女は日・英・仏語が堪能《たんのう》な才媛《さいえん》でね」

中央のラウルが、そう言って右隣りの小柄な女性を片手で指し示す。年齢は三十そこそこ、どこか外国の血が入っているのかエキゾティックな面差し、聡明《そうめい》そうな瞳をした見るからにデキそうな女性だ。

「プレスの森川《もりかわ》です。よろしくお願いします」

「よろしくお願いします」

オレ、世羅、彼女の三人で名刺を交換し合う。

「あと、営業スタッフの清水《しみず》くんと小川《おがわ》くん」

二十代の青年と、四十代の男性がそれぞれ頭を下げてくる。彼らとも名刺を交換した。

「よろしくお願いします」

「こちらこそ、よろしくお願いします」

「では早速ですが、今回、D&Sさんにプレゼンテーションをお願いするに当たって、わが社のプレスリリースを今からお配りします」

森川さんが手渡してくれたA4サイズの用紙に視線を落とす。ざっと目を通した頃合いを見計らってか、森川さんが口を開いた。

「この数年、【ビクトリア・J】は日本市場において、あえて独自のショップを持たず、厳選したセレクトショップにのみ販売を委託してきました」

そのセレクトショップに置かれた商品から火がつき、日本入荷の絶対数が少ないという希少価値も相まって、【ビクトリア・J】は、スタイリストや一部のコアユーザーからカリスマブランドと目されるようになったのだが――。

「この間、日本の大手アパレル企業から業務提携の申し入れがありましたが、日本で本格的な事業展開をするに当たっては、生産から商品管理・販売まで、あくまで自分たちの手で納得のいくスタイルでやりたいというラウルの意向もあり、すべてお断りしてきました」

海外の有名ブランドと日本の大手アパレルが手を組むパターンは数多くあれど、上手くいく例もあれば、こじれる場合もある。下手をすれば、早々に日本撤退の憂《う》き目《め》も……。いずれにせよ、現地の企業に下駄を預ければ、ある程度は妥協しなければならない部分も出てくる。ラウルは、その妥協が許せなかったということなんだろう。

「多忙な日程を縫っての準備だったため、時間はかかりましたが、ようやく今年の一月に『ビクトリア・J・ジャパン』を設立。東京の青山にヘッドオフィスを構えることができました」

それが、『ここ』というわけか。土地勘のない異国の地で、信頼のおけるスタッフを集めるだけでも、かなりの労力と時間がかかったであろうことは容易に察することができる。

ラウル自身、日本語を世羅に習ったと言っていたけれど、それだけじゃこんなに上手くはならない気がする。自分の意志を正確に日本のスタッフに伝えるために、おそらくは、相当勉強したに違いない。

「商社との提携により、独自の生産・流通システム・販売ルートも確立。本格的な事業展開の基盤は整いつつあります」

つまりはそれだけ――ラウルが【ビクトリア・J】というブランドに愛情とこだわりを持っているということ。

「今後は主要都市に直営およびテナントショップを作り、最終的には全国展開を目指していきたいと考えています。まずは旗艦店《フラッグ・ショップ》となる路面店を、東京の青山にオープン。時期は来年の秋頃を予定しています」

――約一年半後か。

「これらの決定事項を踏まえ、これからの日本での事業展開を、マーケティングおよび広告的な見地で私たちと一緒に考えてくれるパートナーを探しています。その試金石として、【ビクトリア・J】というブランドが日本というマーケットにおいて、どういったコンセプトで展開していくのが望ましいのか、まずはD&Sさんにご提案をいただきたいのです」

そこで言葉を切った森川さんが、プレスリリースから顔を上げてオレたちを見た。

「質問がありましたらどうぞ」

すっと世羅が右手を挙げる。

「どの程度のスパンで考えればよろしいですか」

「できれば長期的な視野で考えていただきたいと思っています」

「第一号の路面店のコンセプトとかはもう決まっているんですか」

オレの質問には、ラウルが答える。

「まだ決まっていないんだ。そのあたりも含めて、日本のマーケットを知り尽くしたきみたちの、プロとしてのアドバイスが欲しいと思っている」

質疑応答を含めた第一回のオリエンは三十分ほどで終了。

そのあとは、オフィスの中をひととおり案内された。【ビクトリア・J】のアイテムがずらりと揃ったプレスルームから、トルソーが立ち並ぶパタンナー室、生地の反物が溢れるデザイン室、企画室などをぐるっと回って、それぞれの部署でスタッフに紹介される。そこでもオレと世羅で個々に少し質問をしたり、ちょっとした雑談をしたりして（このあたりの役割分担は、【YAMATO】の工場見学で経験を積んだおかげか、もはや『あ・うん』の呼吸だ）、すべての見学が終わったのは十二時半近かった。

「お疲れ様」

にこにことねぎらいの言葉をかけてきたラウルが、腕時計を一瞥してから、

「きみたち、まだ時間ある?」

そう訊いてくる。一瞬、世羅と顔を見合わせたのちにうなずいた。

「あ……はい」

「ちょうど昼時だし、ランチを取りながらでも、もう少し話ができるとうれしいんだけど」

いわゆるニューヨーカー式パワーランチってやつか。

気が進まなかったけれど、クライアントの誘いは断れない。結局、オレと世羅とラウルの三人で、ヘッドオフィスの近くのカフェレストランに入ることに。

中庭のテラス席に通され、それぞれのランチプレートが運ばれてきて、ナイフとフォークを使いながらの歓談が始まる。

「ビクトリアは元気か?」

「うん、元気だよ。オミによろしくって言ってた」

世羅の問いにラウルが答え、オレが口を挟んだ。

「ビクトリア?」

「ラウルの姉だ。ビクトリア・ジュリアン」

「あ……そうか。たしか【ビクトリア・J】っていうブランド名は」

「そう、姉の名前なんだ。彼女がデザインとテキスタイルの担当でね。うちの服は、僕と彼女がアイディアを出し合って、共同作業で作り上げているんだ」

「お姉さんがデザインして、弟さんがプロデュースするっていう役割分担なんですね」

「姉は才能はあるんだけど、すごくシャイでね。だから、表立っては僕が『ブランドの顔』として、メディア対応を担当しているわけ」

そこまで話が進んだところで、世羅の携帯に電話がかかってきた。

「失礼」

スーツの内ポケットに片手を入れた世羅が立ち上がり、引き出した携帯を手にその場を離れる。

その長身の後ろ姿を無意識にも目で追っていたオレは、横合いからのラウルの視線にハッとわれに返った。

「あ……え、えーと」

目が合った瞬間、にっこり微笑まれる。男のオレでもちょっとドキッとするような笑顔のまま、ラウルがテーブルに片手で頬杖をついた。

「そういえば、世羅は変わったよねぇ」

「え？　変わった？　世羅がですか？」

「うん。僕が初めて会った頃の世羅は、今よりもっと物憂げで投げやりで……すさんだオーラを放っていた。身なりや物腰は超一流なのに、その目だけが昏く底光りしていて、ちょっと不良少年みたいでね」

「…………」

「この前、うちのパーティの会場で顔を合わせた時に、特に変化を強く感じた。なんだか険が薄れて、全体的に雰囲気がソフトになったなあって」

あれがソフト？　内心で小首を傾《かし》げながらも、一応相槌を打った。

「……そうなんですか？　オレ、今の世羅しか知らないから」

「あんなやさしい目つきで誰かを見る世羅なんて初めて見たし。当然、もう世羅とは寝たんだよね？」

あまりにナチュラルにさらっと訊かれたんで、ついうっかり「……ええ」とうなずきかけて、そんな自分にぎょっと目を剝いた。

「って、え？　えぇえっ!?」

持っていたフォークを取り落としかけて、くっくっと笑われる。

「ほんと、かわいーなぁ。こんなかわいこチャンが目の前にいて、あいつが手を出さないわけがないよねぇ」

「か、かわいこチャンって、オ、オレ、もう二十七なんですけど」

しどろもどろに反撃を試みてみたが、あっさり「年齢は関係ない。二十七でもかわいいものはかわいいんだよ」と打ち返された。

「あいつ、上手いでしょう？」

「上手いって？」

「セックス」

「セッ………っっっ」

首を絞められた鶏みたいな声を出しつつも、共犯者めいたラウルの口調に、心の中で（やっぱり）と思った。

「まぁ、あれだけ遊んでりゃねぇ。最近はさすがに落ち着いてきたみたいだけど、昔はそれこそ男も女も取っ替え引っ替えだったたし」

「………」

世羅の乱れた過去の証言よりも、たった今明らかになった事実のほうが衝撃が大きい。

やっぱりこの人、そう、なのか。

ってことはつまりオレたち、俗に言う『兄弟』？

改めて直面したヘビーな真実に、ず…んと気持ちが沈む。

内心の動揺が顔に出ていたのか、ラウルがあわてた様子で手を振った。

「あー、心配しないで。別に僕と世羅はステディな仲とかじゃないから。東京に来る時はあいつの部屋に泊めてもらうことが多いけど——下手なホテルより全然広くて快適だからね——でも僕もあいつも、そのあたりは束縛し合わないっていうか」

それだけ、深く信頼し合ってるってこと？

「ただ、きみはいかにも純真そうだから、のちのち傷つくようなことになったらかわいそうだなと、ちょっと心配になってね」

ほんの少し、憐《あわ》れむような眼差しでオレを見つめて告げる。

「あいつと上手くやっていきたいなら、傷つきたくないなら、本気にならないこと。あいつも誰にも本気にはならないから。ルックスはいいし頭脳も極上、その上ベッドでも申し分ないときて、遊び相手としては最高の男だけどね」

……そんな忠告、されなくたってわかってるさ。あいつが酷い男だってことくらい。

「なんの話だ？」

そこへ中座していた、節操ナシでバイでなおさら二重人格な『エロオオカミ』が戻ってきた。

「なんでもないよ。──ね？」

ラウルがオレの肩を抱いてきて、パチッとウィンクをする。と、世羅の顔がみるみる険を孕んだ。眉をひそめ、オレたちを睨《ね》めつけるように見据えたまま、ドスッと椅子に腰を下ろす。

「怖ーい」

おどけた声を出して、ラウルがオレから離れた。大人なラウルはクスクス笑っていたけれど、オレは全然笑えなかった。

なんだよ、その態度は？ ラウルとオレが仲良くしてんのが気に入らないってわけ？ 恋人がちょっとオレにくっついたからって、そこまで露骨にむっとしなくたっていいじゃんか。

そんなこんなで最後はちょっと微妙な空気の中でランチが終わり、骨董通りの中程でラウルと別れた。タクシーに乗り込んでからも世羅の機嫌は直らず、オレもまだ『兄弟』ショックを悶々《もんもん》と引きずっていたから、後部座席に重苦しい空気が立ち込める。

そんな中、沈黙を先に破ったのはオレだった。

「言っておくけど……公私混同は控えろよ？」

ラウルと世羅の関係がはっきりした今、仕事にプライベートを持ち込むなと釘を刺したつもりだったのだが。

「そんなことは言われなくてもわかっている」

不機嫌そうにつぶやいた世羅が、

「おまえこそ、あんまりあいつに近づくな」

偉そうな命令口調にむかっときて、尖った声音で問い返す。

「あいつって?」

「ラウルだ」

こめかみがぴくっと引きつったのが自分でもわかった。

「ふーん……やきもちかよ?」

片眉をそびやかして突っ込んだら、図星だったのか、めずらしく世羅が動揺した。否定もせずに黙り込む——そのうっすら赤い横顔を、冷ややかな横目で見やる。

けっ。独占欲剝き出しにしやがって。

そんなに大事なら、束縛し合わないだなんてカッコつけてないで、ちゃんとラウルのことを捕まえておきゃーいいじゃん。

「相手はクライアントなんだから、そうもいかないだろ」

オレの反論に、今度は世羅がむっと眉根を寄せる。正論すぎて言い返せないらしい。

ザマーミロ。

腹の中で舌を出し、ぷいっと顔を背け、リアウィンドウを睨みつけた。窓に映り込んでいる世羅も、憮然とした面持ちで腕を組んでいる。

「………」

またしても車内に垂れ込める不穏な空気。

ここ最近は、ふたりになれば喧嘩《けんか》ばかりだ……。


それからの数日を、オレは精神的フヌケ状態で過ごした。

表面上は普通に会社に行って、アパレルに関する資料を集めたり、スタッフとミーティングを重ねたりと、そこそこ仕事もこなしていたけれど、一皮剝けばずーっと不安定な精神状態が続いていて——。自分でも己の不調の理由がはっきりわからないまま……。意味もなくイライラしたかと思うと、次の瞬間には「ハー……」とうっとおしいため息を吐いたりして、プチ鬱《うつ》モード。

しかも、今回はいっかなトンネルの出口が見えてこない。さらに原因がわからないから、対処のしようもなく——。

一方世羅とも、表面上はプレゼンリーダーとして共同で企画を進めながらも、水面下では一触即発のピリピリムードが続いていた。

「メシでも食いに行こう」

「行かない」

「これから一杯どうだ？」

「用があるから」

ことあるごとに繰り出されるプライベートの誘いをすげなく拒否しているうちに、日に日に世羅が苛立ちを深めてきているのがわかる。わかってはいたけれど、だからといって応じるわけにはいかない。これ以上は、世羅と深い関係になるわけにはいかなかった。

ラウルのためにも。自分のためにも。絶対に。

そんな険悪なやりとりを交わす傍ら、共同作業は遂行しなければならない——というわけで、その夜も、オレは『必要以上に近づくな』バリアを張りつつ、世羅とふたりで会社に残り、前準備の調べものをしていた。『特攻プレゼンプロジェクト』チームの他の戦闘員は打ち合わせに出ているか、とうに帰社済み。まぁ、オレと世羅の作戦——もとい企画が固まらないと、みんな動くに動けないので、これは仕方がない。

（八時過ぎ……かぁ）

いい加減キリがないし、腹も減ってきたし、今日はそろそろ帰るか。パソコンの電源を落とし、帰り支度をしていると、隣りのブースから世羅が顔を覗かせる。

「帰るのか？」

「ああ」

「そうか。じゃあ俺も」

「……別に一緒に帰る必要ないだろ。おまえはまだやっていけばいいじゃん」

そう言ったのに、世羅はさっさと身支度を終えて、ブースを出たオレの横に並んできた。

「何か食べて帰らないか？　この前見つけた旨《うま》いオイスターバーがあるんだがよかったら」

……懲《こ》りないヤツ。

ここのところ定番となりつつある食事の誘いを、極力無表情を装って断る。

「行かない」

「なんで行かないんだ？」

「なんでって、腹が減ってないか…」

言葉の途中でグーッと腹が鳴った。あちゃー、タイミング悪い。

臍《ほぞ》を噛むオレの横で、世羅がうれしそうに唇を歪めた。

「やっぱり腹が減ってるんじゃないか。意地張ってないで行くぞ」

腕を取られそうになり、反射的にパシッと振り払った手が、世羅の頬に当たる。

「あっ」

「つっ……」

短い声を放った世羅が、片手で顔を押さえた。

（やば。結構、手ごたえがあった）

どうやらオレの爪が当たってしまったらしく、世羅の目の際に薄赤い筋が一本走っているのが見える。

「……ごめ…」

謝罪の言葉を最後まで言い終わる前に、肩をぐっと鷲掴まれ、そのまま近くの壁に押しつけられる。

「なっ……っ」

背中が着くと同時に、バンッと音を立てて、世羅が手を壁についた。両腕で囲い込まれ、逃げ場を失ったオレは、反射的に目の前の顔を睨みつける。

「退けよっ」

「退かない」

低音で即答されて目を見開く。

「世……」

至近の顔は、完全に目が座っていた。褐色の瞳が鈍く剣呑な光を放っている。

(こいつ……キレてる?)

「おまえが俺を無視する限り、退かない」

「無視なんかしてないだろ。ちゃんと一緒に仕事だっててし…」

「なら、俺の目を見て話せよ」

「………っ」

「少し前から、おまえは俺とろくに目も合わせないだろう? こんな状態でコンビを組んでいると言えるのか?」

射るような視線が痛くて、ついと顔を背ける。すると片手で顎を掴まれ、むりやり正面を向かされた。オレの目を覗き込むようにして、世羅が強引に視線を合わせてくる。

「俺の、目を、見ろ」

「何をそんなにムキになってんだよ？」

至近の切れ長の双眸を上目遣いに睨み上げた。

「そんなのどーだっていいじゃ……んっ」

セリフの途中で、言葉尻を奪うようにくちづけられる。

「む…ん、んっ」

壁に背中を押しつけられた状態で、こじ開けるみたいに歯列を割られた。入り込んできた世羅の舌に、逃げを打つ舌を絡め取られ、口蓋《こうがい》を激しく嬲られて……。

「っ……う、ふっ……」

唾液の糸を引いて唇が離れた──直後、オレは目の前の男をどんっと突き放した。

「いい加減にしろっ！　ここをどこだと思ってんだよ!?　会社だぞ!?」

激高して怒鳴りつけても、世羅は「それがどうした」といったふてぶてしい表情《かお》をしている。

手の甲でぐいっと唇を拭う──その不敵な顔つきを見たら、いよいよ頭に血が上った。

サカッたら相手も場所も選ばずのおまえと違って、こっちは至極真っ当な倫理観の持ち主なんだよ、馬鹿野郎！

「もう……二度とオレに触るな」

ドスのきいた声で凄む。

「有栖……？」

「何十人といるおまえの遊び相手と一緒にすんなって言ってんだよッ！」

大声で叫んでから気がついた。

そうかオレ……何が腹が立つって、それだったんだ。世羅にとってオレはその他大勢のひとりで、暇つぶしの相手でしかないのに。なのにやつの一挙一動にいちいち振り回される自分が惨《みじ》めで……。

（……くそっ）

深層心理に思い当たったところで心は晴れない。どころか一層苛立ちが増して、奥歯をきつく食いしめていると、世羅が低く落とした。

「おまえのことは遊びなんかじゃない」

バッと顔を振り上げ、オレは目の前の男に向かって吼《ほ》える。

「そんなの信じられるかよっ。ラウルとだって寝てるくせに！」

「………っ」

わずかに肩を揺らした世羅が、一瞬見開いた両目を今度はゆっくりと細め、感情を押し殺したような低音で告げる。

「あいつとは……今はもう関係ない」

『今はもう』ってことは、やっぱり前は関係があったんだ。

とうにわかっていたことなのに、世羅の口から聞かされると、本当に本当だったんだという実感がじわじわと込み上げてくる。

……本当にラウルと寝てたんだ。

当たり前のことにいまさら胸が軋むほどの衝撃を受け、そしてそれほどのショックを受けている自分に混乱して――。

(オ…レ?)

「誓って、今は友人関係だ。何もない」

世羅の真剣な声に、のろのろと首を振る。

「……おまえの言葉なんて信じられない」

「有栖……どうしたら信じてくれるんだ?」

すがるような声音で、世羅がつぶやいた。

その、途方に暮れた子供みたいな表情に、頭が惑乱する。

なんでそんな顔するんだよ。わけがわからねぇよ。遊びじゃなかったら、じゃあなんなんだよ。

誰にも本気にならないくせに!

胸の中で叫んだ拍子に、ふっと先日のラウルの忠告が蘇る。

――あいつと上手くやっていきたいなら、傷つきたくないなら、本気にならないこと。あいつも誰にも本気にはならないから。

(……もう嫌だ)

こいつと知り合ってから、何かにつけて振り回され、ペースを乱されてばかりで。イケグラのトップを奪われ、バレンタインでも後塵《こうじん》を拝し、男としての矜持《きょうじ》を根こそぎ剝奪され——動揺して当たり散らしたり、泣きわめいたり、みっともない自分ばっかり見せて。

二十七年の人生でコツコツと積み上げてきた自負やプライドは……跡形もなく崩れ去ってしまった。

こいつと一緒にいると、まるで自分が自分じゃなくなってしまったみたいに気持ちがグラグラ揺れて、足許も不安定で、いつだって胸が苦しくて……なおさらベッドでも泣かされて。

こんなの嫌だ。もう、嫌だ！

気がつくとオレは、両手で耳を塞いで激しく首を振っていた。その手首を摑まれ、むりやり頭から引き離される。

「聞いてくれ」

耳許に切羽詰まった声音が囁いてきた。

「俺は……おまえが」

「聞きたくないっ！」

ぎゅっと目を瞑《つぶ》って拒絶の言葉を叫ぶ。

「………ッ」

手首を摑んでいる世羅の手が、びくっと震えた。じわりと拘束が緩む気配にオレはゆるゆると目を開く。

「………あ」

視界に映り込んだ世羅の顔は、硬く強ばっていた。

どこか痛みを堪えるようにきつく寄せられた眉。その下の昏い瞳。引き結ばれた口許。

スマートな立ち居振る舞いが持ち味であるはずの男の、衝撃を露わにしたその表情にびっくりして、思わず名前を呼ぶ。

「世…羅？」

「まだ残業していたんですか？」

オレの声と被さるように背後から冷ややかな声音が届いた。バッと振り返ったオフィスの入り口に、仁科が立っている。

「仁科……！」

「あまりに戻りが遅いのでお迎えに参りました」

「……おまえ？」

訝《いぶか》しげに世羅がつぶやき、眼鏡のフレームに指を添えた仁科が、無表情のまま小さく肩をすくめた。

「今夜は会食があるのをお忘れですか？」

「時間がありません」と急かす仁科《にしな》に世羅《せら》が連れ去られたあと――。

オレはひとりオフィスの戸締まりをして、会社を出た。キレた世羅と大声でやり合ったショックで空腹は吹っ飛んでしまったらしく、どこかに立ち寄る気力も湧かないので、まっすぐ自宅に戻ることにする。外苑前《がいえんまえ》の駅へ向かってとぼとぼと歩きながら、青山《あおやま》通りに面したカフェの前を通りがかったオレは、ウィンドウのガラス越しに見慣れた姿を見つけて、足を止めた。

頭を突き合わせるようにして話し込んでるふたりは――椿《つばき》と井筒《いづつ》さん？

ふたりで打ち合わせに出て、とっくに直帰したのだとばかり……。

それも意外だったが、またしてもふたりして深刻な表情なのが気になる。

そういえば、ふたりにリストラの件を相談するつもりが、世羅のマンションで返り討ちにあったり、新しいプロジェクトが始動したりでバタバタしている間に、機を逸したままになってしまっていた。

ちょうどいい機会だから、今夜こそ話をしようか。でも、なんだかシリアスな雰囲気だし、割って入るのも気が引ける……などと逡巡していると、井筒さんが席を立った。レジで支払いをして、先に店を出ていく。

オレには気がつかずに、駅とは反対方向へ歩いていくその背中を見送ってから、オレはカフェの中に入った。

窓際の四人がけの席にひとりで残っている椿に近づき、声をかける。

「椿」

書類か何かに目を通していた椿がびくっと顔を上げ、直後くるっと振り返った。オレの顔を見て、大きく目を見開く。

「有栖《ありす》?」

「帰りがけに前を通りがかって……たまたま外から見えたから」

「そっか。残業お疲れ様。……ひょっとして、井筒さんとそこで会った?」

「いや……向こうはオレに気がつかなかったみたい」

座ってと促《うなが》すように、椿が向かいの席を視線で指し示した。椅子を引いて腰を下ろしつつ、このところずっと気にかかっていたことを切り出す。

「最近さ、椿と井筒さん、ふたりでいるとシリアスモードなことが多いけど、なんかあったの?」

「うーん……」

言うか言うまいか、迷うような椿の口ぶりに、「あ、別に無理に言わなくていいから」と手を振る。

「オレに知られるとマズイことなら別に…」

「井筒さん、今、奥さんと離婚調停中で、いろいろ大変なんだよね」

「え?」

予想外の言葉に、一瞬ぽかんと口を半開きにしてしまった。てっきりオレは、今ふたりが組んでやっているコピーの仕事で揉めているのかと思っていたから。

「そ……そうだったのか」

井筒さんが、仕事に打ち込みすぎて妻子に逃げられたという噂は本当だったのか。

「だから、たまに話を聞いたり、相談に乗ったりしてて……」

「ふぅん――あ、オレもブレンドください――そっかぁ」

オーダーを取りにきたギャルソンに告げてから、ぽりぽりと頭を掻く。

井筒さんは、一見無頼《ぶらい》っぽいけどその実シャイで、プライベートに関しては口が重い人っていうイメージがあったので、会社の後輩にそんな立ち入った相談をしていたっていうのが、ちょっと驚きだった。

「オレには全然そんなところを見せないけど、椿は特別なのかなぁ」

何気なくつぶやいた刹那《せつな》、椿の顔がぱぁっと赤くなる。

「やだぁ。……特別だなんてぇ！」

コーヒーカップを片手にくねくねと身を捩《よじ》る椿を、オレは眉をひそめて見やった。

いや……やっぱり同じコピー畑だからって意味だったんだけど。

(――ん？)

そんじょそこらの男より男らしいマブダチ椿の、らしからぬ恥じらいモードを眺めているうちに、突如脳裏に閃いた『とある可能性』に、オレはガタッと椅子を引いた。

「まっ、まさかとは思うけど、椿……井筒さんと？」

思わずこくっと喉を鳴らして返答を待つ。と、椿が首を横に振った。

「そんなんじゃないってば！」

「あ、やっぱ違うんだ。なーん…」

「ただ、あたしが一方的に好きなだけで」

「ええっ!?」

オレは下ろしかけていた腰をふたたび浮かせた。ずいっと身を乗り出して叫ぶ。

「ま、マジで!?」

「マ・ジ・で」

肯定した椿が、ちょっぴり照れくさそうに笑った。

「ふへー……そっかぁ……井筒さんをねぇ」

ため息混じりに零《こぼ》しながら腰を下ろし、運ばれてきたコーヒーに口をつける。

「初めは憧れだったんだけど。あたし、彼のコピーが大好きで――『第一の井筒鷹秋《たかあき》』に憧れてうちの会社に入ったようなもんだからさぁ」

「へぇ、知らなかった」

椿の『恋バナ』を聞くなんて、四年超のつきあいで初めてだ。

「だから同じ会社で仕事ができるだけでもよかったんだけど、同じチームになって一緒に仕事をするようになってから、だんだん……」

「尊敬が恋愛感情に変わってきたってこと?」

「うん。向こうは男勝りの後輩としか思ってないだろうけどね。でも、好きな人が悩んでいたら、相談くらい乗りたいじゃない? だから、調停のこととかもわかる範囲でいろいろ調べて」

井筒さんの悩みを自分のことのように憂い、共に真剣に悩み、考える――その顔はオレの目には、いつもチャキチャキで男前な椿とは別人みたいに、しっとりと女らしく映った。

親友の、隠されていた女としての一面を垣間《かいま》見た気がして、なんだかちょっと感動。

そっか。恋をすると、人って変わるんだ……。

「あー、ついに言っちゃった! ま、有栖は親友だしね」

しっとりバージョンから一転、いつもの元気トーンに戻った椿が、ニッと唇の端を吊り上げる。

「かく言うあんたも、ズバリ好きなコができたでしょう?」

「えっ……」

怯《ひる》むオレの顔の前に、椿は人差し指を突き出し、チチチと左右に振った。

「隠したってダメだよ。最近あんた、みょーに色っぽくなったもんね。前は遊んでるわりにはガキっぽくて、いまいち男の色気に欠けてたけどさぁ。ここのところ、あたしでさえドキッとするような艶っぽい表情をする時あるし」

「………」

ちょっと前ならその言葉に舞い上がっただろう。

男としての色気が、ずっと喉から手が出るほど欲しかったから。フェロモン獲得がオレの長年の夢であり、果たせぬ野望でもあった。

でも、もし仮に今のオレに『色艶』が備わっていたとしても、それが世羅とエッチしたせいだとしたら……素直に喜べない。

「遊び人の有栖にも、ついに本命ができたかぁ」

複雑な心中のオレを後目《しりめ》に、椿はひとりでうなずいている。

「まぁ、よかったじゃん。そろそろ『セックスマシーン』も年貢の収め時だよ」

お互い、恋に仕事にがんばろう！　カフェを出たところで椿にばんっと背中を叩かれる。

「痛っ」

「じゃあ、また明日ね！」

オレに打ち明けたせいか、心なしか晴れやかな顔つきの椿が、手を振って去っていく。一方、いまひとつ釈然としない心持ちで、ふたたび駅の方向へと歩き出したオレは、先程の椿のセリフを道すがらぼんやりと反芻《はんすう》していた。

——ズバリ好きなコができたでしょう？

……オレに？

——遊び人の有栖にも、ついに本命ができたかぁ。

……『本命』って誰だよ？

——有栖……どうしたら信じてくれるんだ？

苦しそうな顔の世羅が、すがるように訴える。

——聞いてくれ。

——俺は……おまえが。

家に戻ってからも、会社での世羅とのやりとりが頭から離れなかった。スーツを脱いだ際に、ひょっとしたらと携帯をチェックしたけど、世羅からの着信履歴はなし。そうなればなったで、無性にさっきの言葉の続きが気になり出す。

（おまえが？　おまえが何？）

あの時——思わず「聞きたくないっ」って叫んで拒絶してしまったけど。

世羅のやつ、何を言おうとしていたんだろう？

ベッドの端に腰を下ろしたオレは、右手を伸ばして枕元のマペットを掴んだ。

この前、下北《しもきた》のゲーセンのクレーンゲームで、不本意ながらも世羅に取ってもらった『ウシくん』だ。

袋状の胴体部分の下から手を突っ込み、口をパクパクと開閉させる。

カエルくん、カエルくん、さっき何を言おうとしてたの？

心の中で問いかけても、もちろん答えはない。

「……ちゃんと最後まで聞けばよかったな」

ため息混じりに零していると、コンコンとノックの音が聞こえた。カチャッとドアが開き、長女の桂《かつら》が顔を覗《のぞ》かせる。

「一希《かずき》？　帰ってるの？」

「んー、何？」

「夜食に何か食べないかな～って思って。リクエストしてくれれば私が作るからさ」

実は夕飯もまだだったし、プロのシェフである桂の手料理を食べられるのはかなりオイシイとは思ったけれど、いかんせん――。

「ごめん、食欲ない」

「そっかー。でもあとでお腹空いたら遠慮なく言って？」

やさしい長女が去ってしばらくして、今度は次女の千尋《ちひろ》がドアを開けた。

「一希～、プロットで詰まっちゃってさぁ」

千尋は恋愛小説家だ。ただしホモ専門。しょっちゅうネタに詰まっていて、何かと弟のオレにアドバイスを求めてくる。いわく、『猫耳付きメイドコスと裸エプロン。さぁ選ぶならどっち？』だの、『病弱な妹の代わりに家柄目当ての傲慢《ごうまん》成金男の許へ嫁に行くのと、親の借金の形に闇オークションにかけられてギリシャの海運王に落札されるのと、どっちがいい？』だのと、究極の選択ってゆーか、どっちもどっちとしか言いようのない二択を迫ってくるのだが……。つか、百歩譲っても男は嫁にはイケませんから！

「ちょっとネタ出しに協力してよォ」

「ごめん……今、そんな気分じゃない」

「そっかぁ」

残念そうにつぶやいた次女がしょんぼりと去り、ほどなく三度目のノックが。

「一希？」

顔を覗かせたのは、ベリーショートにすっぴんがトレードマークの三女・環《たまき》だった。

「あれ、帰ってたんだ」

自衛隊員の三女は普段は寮に入っているんだが、たまに公休の日とかに戻ってくる。

「うん」

うなずいた環が部屋の中に入ってきて、オレの隣りに腰かけた。

「………」

そのまま黙ってぼーっと壁を見つめている少年めいた横顔に尋ねる。

「何？　なんか用じゃないの？」

「用はないけど……」

ぼそっとつぶやいたかと思うと、オレの頭の上に手を置き、ぽんぽんと軽く叩いた。

「なんだよ？」

「別に」

言うなりふらっと立ち上がり、部屋を出ていく。その鍛え抜かれたシャープな背中がドアの向こうに消えるのと同時、オレは眉根を寄せてひとりごちた。

「なんなんだよ……あいつら」

ったく、入れ替わり立ち替わり。ひとりで物思いに浸《ひた》ることもできやしねぇ。

アンニュイモードに水を差された気分で、『ウシくん』を定位置に戻したオレは、「よいしょっ」と腰を上げた。くしゃくしゃと髪を掻き混ぜながら自室を出る。

「ヨーグルトでも食うかぁ」

トントンと階段を降りると、一階のリビングには、めずらしく母親の姿があった。ダイニングテーブルに帳簿を広げている彼女に話しかける。

「帰ってたんだ」

「明日、本店に取材が入るから朝早いのよ。仕込みの様子から撮影したいらしくて」

都内に三軒のレストランを経営するやり手の母親は、オーナーとして常時三店のうちのどこかに顔を出しているので、その日中に家に戻ってくることは滅多にないのだ。ちなみに地元・下北沢にある本店【L'ATELIER de ALICE《ラトリエドゥアリス》】は、長女の桂がチーフシェフを任されている。

「なんの取材?」

「雑誌だって。フレンチレストランで女性のシェフっていうのが目新しいんじゃない?」

「ふーん」

冷蔵庫から自家製ヨーグルトの入った瓶を取り出して、ガラスの器に移し、スプーンと一緒にダイニングテーブルに運んだ。母親の正面の椅子を引いて腰を下ろす。と、帳簿から顔を上げた母親が、オレを見て尋《たず》ねてきた。

「どうしたの？　浮かない顔してるわね」

「なんか姉貴たちが次々部屋に来てさ……うるせーんだよ」

「三人とも心配してるのよ、あんたのこと」

「え？」

「最近、元気ないから」

そんなにモロわかりだったのかと、ちょぴっと気恥ずかしくなる。自分じゃそれなりにそつなく隠してるつもりだったんだけど。

「恋煩《こいわずら》い？」

いきなり突っ込まれて、口に含んだばかりのヨーグルトを「ごふっ」っと吹き出した。

「なっ……何言って」

椿といい、なんでみんな寄ってたかってオレを恋するオトコにしたがるんだ！

「あら、当たりなのね」

「ち、ちがっ」

「片思い？」

「だから違うって！」

「あんたは昔っからその手のことには奥手だからねぇ」

「……う」

いくら外見をイケメン風に取り繕い、遊び人を装っても、最大のコンプレックスは生みの母にはバレバレで。

「彼女も中学以来いないしね」

「いないんじゃなくって、作らないのっ」

何度も言うようだが、断じて！　決して！　モテないわけじゃないのだ！

「結局、いないんじゃない」

「む……う」

今を遡《さかのぼ》ること中学時代、当時つきあっていた女の子との初体験で勃《た》たなかった悪夢の日から、オレのナイーブな息子は青春の長きに渡って迷走を続け、二十七になった現在も絶賛迷走中。苦手意識が高じて、女の子に腕を組まれただけで冷や汗ダラダラの特異体質となり、ついには、晴れの日を迎える前にロストバージンしてしまった——ことだけは死んでも母親には言えない。

（おまけに……その……か、感じちゃって……何度もイッちゃったし）

じわじわと後ろめたい気分が込み上げてきて、オレは母の前でうなだれた。

ごめん、かーさん。ヘタレな息子で……。

心の中で謝っていたら、帳簿をつける手を止めた母親が、眼鏡を外しつつ苦笑した。

「そんなところもお父さんそっくり」

オレが生まれた翌年に死んでしまった父親に、どうやらオレは顔とかそっくりらしくて、子供の頃から、『生まれ変わりみたい』って母親に言われ続けてるうちに、だんだん、いつか自分もオヤジみたいに若くしてポックリいっちゃうんじゃないかって強迫観念を持ち始めて……。

　必要以上にがんばりすぎるこの性分も、その強迫観念が根底にあるせいなんじゃないかと密かに思ったりしていたんだが。

「え？　オヤジってそうだったの？」

「道を歩けば誰もが振り向くようなハンサムだったけど、色恋沙汰にはとんと疎《うと》くて、だから母さんが強引に押しかけ女房したのよ」

「そ、そうだったんだ」

　結婚後、思いっきり尻に敷かれていたというのは聞いていたけど、それは初耳だった。

　父さん……押しに弱くて流されやすいところがとても他人とは思えません……（遠い目）。いや、他人じゃないけど。

「やさしい人だったから、断れなかったんだろうね。ずるずると一緒に暮らして、子供には恵まれたけど……若くして死んじゃって」

「…………」

「今になって時々思うのよね。父さんに悪いことしたかなぁって」

　いつも強気でバイタリティの塊みたいな母親が、めずらしく見せる憂い顔に面食らう。

「そんなこと……」

　口籠もるオレをまっすぐに見つめて、母親が言った。

「だからね、一希。あんたには、本当に好きな人と結ばれて欲しいの。一生にひとりだけの、運命の人とね」

本当に好きな人？

（一生にひとりだけの——運命の……人？）

反復している途中で、ふっと世羅の顔が脳裏に浮かび、あわててそのビジュアルをうち消す。

なんで世羅!?　大体あいつ男じゃん!!

ナシナシ！　世界の中心で何が起こってもそれだけは絶対にナシ！

すごい勢いで頭を振って脳内から世羅を追い出したあとで、ぜぃぜぃと胸を喘《あえ》がせつつ、オレは「母さん」と呼びかけた。

「ん？」

「父さんさ、短い間だったけど幸せだったと思うよ。個性は強いけどかわいい三人の娘と自分似の息子に恵まれてさ。——それに、子供じゃないんだから、本当に嫌だったら家を出るなりなんなりするって。そうしなかったってことは、父さんも満足してたってことじゃん」

「…………」

「だからきっと、父さんの『運命の人』は、母さんだったんだよ」

ちょっと臭かったかな〜と思ったけど、母親は茶化すでもなく、ちょっぴりうれしそうに小さく笑った。

で。家族のフォローはありがたかったけど、完全復活するまでには至らず……。

相変わらず、世羅への怒りとか自分への苛立ちとか、いろんなものがない交ぜになった、ざわざわと落ち着かない気分を引きずったまま数日が過ぎる。

【ビクトリア・J】のプレゼンは、次のラウルの来日に合わせるということで、一ヶ月後の五月の第二週に決まった。一ヶ月っていう準備期間は、決して余裕の日程じゃない。

他のスタッフも待っているし、一日も早く企画を固めなくちゃ、と焦る気持ちとは裏腹に、進《しん》捗《ちょく》状況ははかばかしくなかった。

今日も午後いちから、ミーティングスペースに世羅とふたりで詰めて、かれこれ二時間近く経つが、目立った進展はなく、ただ時間だけが無意味に過ぎていく。

世羅とタッグを組んでいるとはいえ、企画の叩き台を作るのはプランナーであるオレの仕事だ。まずはオレがざっくりと大まかな方向性を決め、次にその叩き台のアイディアを世羅とふたりで煮詰め、大枠が固まったところでスタッフに発表——というのが、事前にふたりで決めた段取りだったのだが。

その先陣を切るべきオレが注意力散漫で企画に集中できないばっかりに、いきなりとっかかりの導入部でとん挫《ざ》してしまっているわけだ。

雑念に囚われている場合じゃないのはわかっちゃいるけど、公私を切り離そうにもツートップの相方が世羅だから、逃げ場がないっていうか。顔を合わせれば、どうしたって余計なことを考えてしまう。

おまけに今回のクライアントはラウル。

オレの意志はどうあれ、これって外から見たら立派な三角関係ってやつで。

(野郎三人で三角関係かよ……つくづく不毛だよな)

腹の中で深いため息を吐《つ》き、資料から顔を上げたオレは、打ち合わせテーブルの向かいの席で、やはり資料を読み込んでいる世羅を上目遣いに窺った。

非の打ちどころなく整った男らしい美貌。この顔があの夜は苦しげに歪《ゆが》んで、すがるみたいな眼差しでオレを見つめてきたのが、今となってはなんだか信じられない。

——俺は……おまえが。

世羅は何も言い出さないし、拒否した手前こっちからは聞きづらいし……で、結局、あの言葉の続きも聞けずじまいで……。

会社でキスをされ、オレが怒りを爆発させたあの夜以来——まるで憑《つ》き物が落ちたみたいに、世羅から苛立ちの気配がふっつりと消えた。

それに伴い、ちょっと前まであんなにギラギラした目つきでオレを見ていたのが嘘のように、あれだけしつこかったプライベートの誘いもぱったりと途絶えた。

コミュニケーションは、仕事に関する必要最低限の会話だけ。よそよそしかった初めの頃の関係に戻ったみたいに、くっきりと一線を引かれているのを感じる。

キスの翌日も、こっちとしては当然何かアプローチがあるだろうと身構えていたのに、肩すかしなくらいに他人行儀な『白世羅』モードで接してきて。今日だって、企画の沈滞状況に焦燥を募《つの》らせたオレのほうから、「少し時間いいか？」と誘いをかけなかったら、おそらく世羅から話しかけてくることはなかったに違いない。

たぶん、この前の夜のやりとりで、オレのほうに脈がないと見て、これ以上のアプローチは時間と労力の無駄と判断したんだろうな。

（所詮は本気じゃないわけだし）

百戦錬磨の遊び人らしい引き際。それでも、こうも見事に手のひらを返されると、逆に落ち着かない気分になってくる。家では携帯が鳴らないことにイライラして、会社でも世羅の一挙一動を逐一《ちくいち》目で追ってしまい――そんな自分に気がついて余計にイラつく悪循環。

（だからもうこのことは考えるなって。考えるだけ無駄なんだから）

以前のクールなスタンスを取り戻した世羅とは対照的な自分と資料そっちのけで悶々と格闘していたオレは、パタンッという物音で物思いを破られた。顔を上げると、資料本を閉じた世羅がガタッと椅子を引いて立ち上がるところだった。

「な……何？」

「外に出よう」

突然の提案に、両目をぱちぱちと瞬かせる。

「外？」

「こんなところで頭を突き合わせてしかめっ面《つら》していたって埒《らち》が明かない。『現場』に、市場調査に出よう」

世羅に強引に社外へ連れ出され、渋谷《しぶや》・原宿《はらじゅく》・代官山《だいかんやま》と、若者が行き交う街をふたりで歩く。

クローゼットの中がスーツで占められるようになった昨今は、すっかり足が遠のいていたファッションビルに入り、最近の流行の動向をチェックしたり、街ゆく若者たちの服装を観察したりした。

スーツのリーマン二人組が異様に浮いて見えるギャル御用達のチープな店から、ドアマンが立っているような超高級路面店まで、二十軒近く足を踏み入れる。

近代ファッション史を皮切りに、世界的な流行の流れやファッションビジネスに関するノウハウ等は、あらかた資料に目を通して頭に叩き込んでいたし、他社ブランドの動向なんかも把握しているつもりだった。

だけど、やっぱり実際に洋服を売っている現場で商品に触れたり、ショップのディスプレイを見たり、買い物を楽しんでいる消費者の姿を目にしたりすると、インスピレーションを刺激される。これは前回、【YAMATO】のプレゼンの時にも肌で感じたことだけれど。

会社でどんなに眉間《みけん》にしわを寄せてうんうん唸《うな》っていても出てこなかったのに、こうして街を流して、洋服を自分流に着こなしたり、楽しくアレンジしたりしているユーザーたちを見ているうちに、ふっとアイディアが『降りてくる』瞬間があるっていうか。

「やっぱりさ、『現場』でしか閃かないことってあるよな」

オレの感慨深げなつぶやきに、傍らの世羅が「そうだな」と同意する。少し間を置いて問いかけてきた。

「企画、少しは見えてきたか？」

「うん。……とは言っても、まだほんのとっかかりだけど。光明がうっすらとね」

企画のおぼろげな輪郭が見えてきたせいか、ここのところの胸のモヤモヤも若干晴れた気分で、心持ち明るい声を出す。

「そうか。よかったな」

深みのある低音に、ちらっと横目で見上げると、世羅が微笑んでいた。何やら妙にやさしげな、包容力のあるその笑顔を見た瞬間、なぜかドクンッと心臓が跳ねる。

「………っ」

世羅と目が合いそうになり、あわてて視線を逸《そ》らした。

ここのところ、いっそよそよそしいくらいに一線を引かれていたから、そんな表情されると当惑するっつーか。

いつもより微妙に早い鼓動を抱え、夕暮れの代官山を世羅と肩を並べて歩いていて、ふと思い出す。そう言えば前回の【ＹＡＭＡＴＯ】の時は、オレが世羅を『現場』に引っ張り出したんだった。

それが呼び水になったみたいに、世羅と初めてコンビを組んだ、コンドームのプレゼンの記憶が蘇ってくる。

あの時も、アンケートに答えてくれる風俗嬢を探して、足が棒になるほど歌舞伎町《かぶきちょう》を歩き回ったっけ。そういや、やくざに絡まれたところをこいつに助けられるなんてハプニングもあった。最終的には世羅の情報で、風俗嬢のたまり場の喫茶店を見つけ出し、いっぺんに大量のアンケートをゲットして、初のミッションを見事初勝利で飾ることが出来た。

思えばあれから、半年の間にいろんなことがあった。

二回目のプレゼンの【リストランテ　KADOMA】の時も、クライアントである門真《かどま》シェフにセクハラされ、あわやというところにこいつが駆けつけてきてくれて。プレゼン本番でも、最後の最後でフォローしてくれた。

そして【YAMATO】。ふたりで工場まで足を運び、斉藤《さいとう》さんや現場で働く人たちの話を聞いて——OBのご老人たちとの宴会も楽しかったよな。

(この半年……気がつけば、いつでも隣りに世羅がいて……)

「有栖」

ぼんやりと回想に浸っていたオレは、横合いからの呼びかけにびくっと肩を揺らした。

「あ……何？」

いつの間にか足を止めていた世羅が、進行方向右手の、ガラス張りの路面店を親指でくいっと指し示して言う。

DAIKANYAMA
DAIKANYAMA

「入るか？　ここは【ビクトリア・J】も扱っているが」

世羅の指の先にあるのは、目利きのバイヤーが世界各地から買い付けしてきた商品が置かれている、いわゆるセレクトショップというやつだ。国内の新人デザイナーの作品や、現段階ではまださほど知名度の高くないレアな海外ブランドなども手に入るためか、今も見るからに流行りものに敏感そうな若者が店内を闊歩《かっぽ》していた。

「入ってみよう」

店内へ足を踏み入れるなり、まずは【ビクトリア・J】が置かれているコーナーへ向かい、これまで見たことのなかったジャケットを手に取ってみる。

「新しいラインかな？　かわいいかも」

「試着してみたらどうだ？」

「オレが？」

実を言うとオレ自身は、今回の仕事でかかわるまで、【ビクトリア・J】の服を購入したことはおろか、試着してみたこともなかった。もちろんファッション雑誌ではしょっちゅう見ていたし、店頭でも見かけていたけど、気後れもあって実際に手に取るまでには至らず。相当な『おしゃれセレブ』じゃないと着こなせないぞ！　ってオーラを発しているし、オレみたいな一般ピープルが下手に手を出したら、店員に鼻で笑われそうな気がして……。さすがにプレゼンが決まってからは、プレスルームでひととおり袖を通させてもらったけれど、ショップで客として試着するのとは、またちょっと緊張感が違う。

でもまぁ、今日はひとりじゃないし、これも仕事の一貫だしってことで、スーツのジャケットを脱いで世羅に預ける。

羽織《はお》ってみたら、デニム素材のジャケットは、かなり細めで体にぴたぴたにフィットする感じだった。

「どうかな？」

全身が映る姿見の前に立ち、背後の世羅におそるおそるお伺いを立てる。細めた双眸《そうぼう》で、鏡越しにじっくり観察してから、世羅が言った。

「……悪くない」

「マジで？　テキトーなこと言うなよ？」

「そのジャケット、昨日入荷したばかりなんですけど、もうそれが最後の一着なんです」

いつの間にか斜め後ろに立っていた、短髪に顎髭の店員に声をかけられる。現場の声を聞くちょうどいい機会だと思い、鏡越しに話を振ってみた。

「これ、【ビクトリア・J】だよね？」

「ええ。とにかく人気があるブランドなので、うちでも常に品薄で」

「やっぱ人気あるんだ」

「ありますよ。ここの服って、素材とかが凝《こ》っているから、一度着るとハマっちゃうんですよね。このデニムジャケットも金糸が織り込んであるんで、光の加減によって光沢が出て、カジュアルなのにエレガントなんです。ちょっと動いてみてください」

言われたとおりに場所を少し移動すると、ライティングの加減で風合いが変わって見える。

「あー、本当だ」

「縫製とかカッティングとか、見えない部分にもすごく手が入っていますし、そういったところが信者が多い所以《ゆえん》でしょうかね」

たしかに、タイトなわりには、腕の付け根とか肘とかがすごく動かしやすい。

「ここの服は、シルエットやラインに若干癖があるので、誰でも着こなせるわけじゃないんですけど、お客様はスタイルがいいからすごくお似合いですよ」

セールストークのヨイショを真に受けたわけじゃあないが、ちょうど夏物のジャケットが欲しいと思っていたところだったし、ここはひとつマーケティングも兼ねて。

「そうだなー、うーん……買っちゃおうかなぁ」

迷いながら、ちらっと値札を見て、給料が半分吹っ飛びそうな値段にぎょっと目を剝《む》いた。

(高《た》っけーっっ)

価格帯は頭に入っているつもりだったが、デニム素材だからと油断していた……。

オレの顔色の変化を読み取ったらしい店員が、わかりますよ、と言いたげな同情めいた眼差しを向けてくる。

「輸入品扱いになるんで、どうしてもお値段が張ってしまうんですよね。それが唯一の難点で」

そんなに高価《たか》いのかといった顔つきで、オレの肩越しにプライスを覗き見た世羅が、直後、意外そうに片方の眉を吊り上げた。

なんだ、そのリアクションは！　貧乏人を見るような目つきは!?

キーッと暴れ出しそうになるのを、店員の手前、懸命に堪《こら》える。

「でも、これだけ細部にこだわっていたらコストもかかるでしょうし、仕方ないかなぁという感じですかねぇ」

仕方がないのはオレもわかっちゃいるが、いかんせん、その清水《きよみず》の舞台は高すぎる。一刻も早く、日本での生産システムが軌道に乗って、お手頃価格になるのを待つしかない。それまでは当面『自分へのご褒美』もお預けだ。

「やっぱりこれ……ちょっと考えます」

すごすごと脱いだジャケットを、心得た店員が感じのいい笑顔で受け取った。

「よろしかったら他の商品もご覧になっていってください」

どうぞごゆっくり、という彼の言葉にありがたく甘えて、店内をじっくり検分させてもらう。最新のアイテムが充実していると雑誌に取り上げられているだけのことはあり、商品構成もさすがに新しいし、店内のレイアウトやディスプレイもなかなか凝っていて参考になった。これでもう少し価格帯がリーズナブルだったら、個人的に顧客になるのに。

「有栖、そろそろ行くぞ」

「うん」

先に店を出た世羅のあとを追おうとして、先程の顎髭の店員に呼び止められる。

「お客様。こちらが商品になります」

ショップロゴの入った、肩にかけるような大判の紙袋を差し出され、「へ？」と首を傾《かし》げた。

「先程ご試着なさったデニムのジャケットです」

「いや、オレ、買ってないですけど」

何かの間違いだろうと思って否定しても、店員は笑顔を崩さない。

「お客様ではなく、お連れ様がご購入なさいまして」

「え？　連れ？」

反射的に出入り口に視線を向けたが、もう世羅の姿は影も形もなかった。念のために確かめる。

「連れって、さっきのスーツの男だよね？」

「はい。あの長身の男性が、お客様に渡すようにとおっしゃって」

渡すようにって、それってつまり。

(プ……プレゼント？)

シナプスが繋がると同時に、カーッと血液が顔に集まる。赤くなったことにいよいよ動揺して、ふるふると首を振った。

「オレ、受け取れないから」

「しかし、もうお支払いもお済みですし」

「でも……困るっ」

「お客様に受け取っていただかないと、こちらも困ります」

しばらく押し問答した末、返品されてたまるかと一歩も引かない店員に、やや強引に紙袋を持たされる。

「ありがとうございました！」

深々と腰を折る彼に見送られ、店から外に出たとたん、オレは歩道の数十メートル先を行く長身を目指してダッシュをかけた。

なんだよ、コレ？　どういうつもりだよ？

そりゃ、ジャケット一枚に給料の半分出す甲斐性はないが、だからって同僚の施しを受けるいわれはないぞ！

息せき切って距離を詰めたオレは、憤りに任せて大声で怒鳴った。

「世羅！　おい、待てよ！」

世羅が足を止め、ゆっくりと振り返り、やはり足を緩めたオレに向き直る。視線と視線が、バチッとかち合った。

「………っ」

ひさしぶりに正面からまっすぐ世羅の顔を捉えた瞬間、心臓がドクンッと波打つ。ドクドク、トクトク、どんどん早くなっていく鼓動は、ダッシュのせいだけじゃない気がして。

「こ、これ……」

がつんと突っ返してやるつもりだったのに、なんでかみっともなく声が震えた。

「こんな高価いもの……おまえに買ってもらう筋合いないから」

紙袋を差し出すオレを、褐色の瞳がじっと見つめてくる。無言の眼差しに灼かれ、眉間がむずむずし出した頃、ようやく静かな低音が言った。

「俺の気持ちだ。もらってやってくれ」

世羅らしくもない、殊勝なセリフに瞠目《どうもく》する。

(気持ち?)

気持ちって……。

その意味を推《お》し量《はか》っているうちに、だんだんと顔が火照《ほて》ってきた。全身にじわじわと広がった熱のせいで、頭の芯までジ…ンと痺《しび》れ始める。ヒートアップした脳裏に、やがてぽんっと母親の言葉が浮かび上がった。

——あんたには本当に好きな人と結ばれて欲しいの。一生にひとりだけの、運命の人とね。

(運命の……人?)

心の中でつぶやき、目の前の貌《かお》をぽーっと見つめる。世羅がつと眉根を寄せた。

「……有栖」

喉にかかったようなかすれ声で名前を呼ばれて、さらに鼓動が大きく跳ねる。

「な、何?」

上擦った声で問い返した。

「…………」

もの言いたげな眼差しで見つめながらも、世羅はなかなか言葉を継がない。焦れったい気分で続きを待っている間に、ふっと閃くものがあった。

あ……もしかして——この間の言葉の続き？

——俺は……おまえが。

ずっと心の片隅に引っかかっていた、あの言葉の続きがやっと聞けるのかと思ったら、胸のドキドキがますますひどくなっていく。

緊張と興奮でうっすら紅潮したオレの顔を、まるでどこかが痛いように眉をひそめて見下ろしていた世羅が、ついに口を開いた。

「おまえと組むのもこれが最後だ」

「……え？」

とっさに意味がわからなくて聞き返す。

「何？　今なんて言っ……」

オレの問いかけに被せるみたいに低い声が言った。

「この仕事が終わったら、俺は本社に戻る」

5

火照っていた体の熱がすーっと冷めていく。

――この仕事が終わったら、俺は本社に戻る。

そう告げられても、しばらくはピンとこなかった。言葉の意味がわからない。

まるで脳の血管が一本イカレちまったみたいに頭がぼーっとして、世羅の声も、水の中ででも聞いているかのように、どこか遠かった。

「本社に戻る……?」

それって、NY《ニューヨーク》に帰るってこと?

「な…んで?」

思うように舌が回らないせいで、尋ねる声もおぼつかない口調になる。刹那、目の前の世羅の顔がうっすら強ばり、だがほどなく落ちた返答は、感情の見えない平たい声音だった。

「初めから、その予定だった」

「初めから……その予定……だった?」

そのセリフをのろのろと復唱しながら、血の巡りの悪い頭で思い巡らす。

(……そうか)

こいつって、旧第一の社員の中からリストラ要員を確定するために、NYのSK《エスケイ》本社から送り込まれてきたんだっけ。

今日こそ詳しく問い質《ただ》そう。そう毎日のように思いつつもタイミングを逸し続け——さらにはここ最近は目先の仕事や個人的な気鬱《きうつ》にかまけて、無意識にも棚上げにしてしまっていたリストラ問題。それが、今改めて自分と世羅の間に立ちはだかるのを意識する。

「だからつまり……」

硬直気味の思考回路をどうにか繋げて、自分なりの見解を導き出そうと試みた。

「リストラすべき社員のリストアップが完成したから、もうおまえの日本での仕事は終わったって……こと？」

「…………」

世羅は険しい顔つきのまま、何も言わない。でもこの場合、否定しないってことは肯定するのも一緒だ。

ノーコメントを貫く正面の顔を呆然と見上げていたら、オレに据えられていた世羅の視線が、すっと離れた。夕暮れの雑踏を睨みつける、彫像めいた横顔を眺めているうちに、ようやく潮が満ちるみたいにひたひたと実感が湧いてくる。

——世羅が、ＮＹに帰る。

(本当に……帰る…んだ)

帰っちゃうんだ。

臨場感を持って、その衝撃の事実がストンと胸に落ちるのと入れ替わるように、腹の底からやるせない感情がどっと込み上げてくる。

オレを……こんなに引っかき回しておいて？

振り回すだけ振り回しておいて？

散々セクハラして貞操まで奪っておいて？

(信じられねぇ……)

こんな状態でオレを放り出して帰るなんて卑怯者っ！

本当は、そう罵《ののし》りたかった。だけど、それを言ったら「帰るな」と引き留めるのと同じ、「帰って欲しくない」とすがっているのも同然な気がして。

それだけは……そんな惨《みじ》めったらしい姿をこいつに晒《さら》すことだけは、なけなしのプライドが許さなかった。自分を好き勝手に弄《もてあそ》んだ挙げ句に、飽きたオモチャみたいにポイッと投げ出して、さっさとホームグラウンドへ帰っていく男にだけは。

(……ちくしょう)

がんばればリストラを覆せると信じていた。心のどこかで、世羅もそう思って一緒にがんばってくれているんじゃないかって期待もしていた。初めはともかく、少なくとも今は、同僚に対して多少の仲間意識があるんじゃないかって――。

だけどやっぱり違ったんだ。こいつが東京に来たのは、オレたちの首を切るためだけで。リストアップが完成したら、もう自分の仕事は終わった、あとは知らないとばかりにさっさと帰ってしまう。本当の仲間なんかじゃない。所詮は他人事なんだ。

(ちくしょう……裏切り者！)

おまえが必要だって、大日本に行くなって引き留めたのは、どこの誰だよ!?

パートナーとして、俺にはおまえが必要だって言ったじゃんか！

あんな……真剣な顔で……っ。

関節が白くなるほど、紙袋の紐をぎゅっと握り締める。怒りと失望がない交ぜになった重苦しい感情が、どろどろと胸の中で渦巻き、フツフツと滾《たぎ》り、どんどん大きくなって——限界まで膨れあがった激情が、ついに爆発した。

「なんだよ、それっ！」

オレの感情的な大声に世羅がこちらを顧みる。

「そんなのアリかよ!?」

激高のあまりに街中でヒステリックに叫ぶオレを、切れ長の双眸がわずかに瞠目して見た。

「有栖？」

通りすがりの通行人の、何事かといった好奇の視線を感じたけれど、いったん走り出した激情はもう止まらない。

「ふざけんなっ」

世羅をギッと睨みつけ、ずいっと一歩詰め寄った。

「じゃあ……じゃあ、オレたちがこの半年やってきたことは……特攻チームがやってきたことは無駄ってことじゃん！」

今にも喉許に噛みつかんばかりのオレを、世羅が片手で制した。

「有栖——落ち着け」

これが落ち着いてなんかいられるかっ。

「だって、そうじゃねーか！　どんなにがんばって新規クライアントを獲得したって、そんなの意味ないってこ…」

「そうじゃない。無意味なんかじゃない」

みなまで言い終わる前にオレの片腕を摑んだ世羅が、熱の籠もった声で否定した。

「不要な人員を整理すると同時に、新しいクライアントを摑む。このふたつの両立があって、初めて頂点が見えてくるんだ」

「そんな御託《ごたく》なんか聞きたくない！」

いつだったか、仁科が言っていたことと同じセリフを吐く男の手をパシッと振り払い、顎を反《そ》らして挑戦的に睨み上げる。

「オレが訊きたいのは……知りたいのは、おまえの本心だ」

低い声で告げると、形のいい眉がぴくりと揺れた。

「おまえはさっき不要な人員と言ったけれど、半年間うちの会社でやってきて、本当に無駄な人間がいると思うか？　数字だけの判断じゃなくって、実際にスタッフと一緒に仕事をしてきたおまえの実感と評価を聞きたい」

「…………」

世羅は何も言わない。だけど、褐色の瞳がかすかに揺れている。眉間に筋を刻んだその顔は、何かを迷っているように見えた。

「世羅っ」

「——とにかく」

焦《じ》れて詰め寄るオレからふいっと顔を背け、世羅が厳しい顔つきでつぶやく。

「ひとつでも多くのコンペに勝って、新規クライアントを確保することだ」

いまさら耳タコな大前提を繰り返し、それ以上の会話を拒むみたいに口許を引き締めた。

「……それ以上のことは、今の俺には言えない」

それきり、本当に口をつぐんでしまった男を前にして、オレは奥歯をギリッと食いしばる。

全然、まったく、納得がいかねぇ！

半端な返答が腑《ふ》に落ちず、憮然《ぶぜん》と立ち尽くすオレを、ふたたび世羅が顧《かえり》みた。どこか陰のある、憂いを帯びた眼差しが、まっすぐと向けられる。切ない心情を懸命に堪えているような、細めた双眸で見つめられて、オレはいよいよ混乱した。

なんでそんな目で見るんだよ？

おまえはもうオレのことなんか、どうでもいいんだろ⁉

イラッとして、もう一歩詰め寄りかけた時、世羅の唇がおもむろに開く。

「おまえにも、今までいろいろと嫌な思いをさせてすまなかった」

「……え？」

突然の謝罪に不意打ちを食らったオレは、声を詰まらせた。

「世……」

「だがもうすぐ、おまえを煩《わずら》わせることもなくなる……」

ひとりごちるみたいなつぶやきの語尾が、力無く途切れる。いつもは暑苦しいくらいのオーラも半減、夕闇に融けかけた貌も、不思議と儚《はかな》げに映る。

俺様男のらしくもない佇《たたず》まいに戸惑うのと同時、こんなに近くにいるのに、なぜだか世羅を遠く感じて……。

その物憂げな横顔を、オレは言葉もなく睨みつけるしかなかった。


なーにが『今までいろいろと嫌な思いをさせてすまなかった』だ！

「謝って済む問題かっ！」

柄にもなく殊勝なフリしやがって！

世羅と別れて自宅に戻り、自分の部屋に入るなり、オレは持っていた紙袋をベッドの上に投げ出した。バサッと横倒しになった袋の口から、中身が零れ出る。世羅に強引に押しつけられた【ビクトリア・J】のデニムジャケット。

がつんと突っ返すつもりが、突然の帰国発言に虚を衝かれ……混乱のままに、結局、持ち帰ってきてしまった。

——俺の気持ちだ。もらってやってくれ。

脳裏に蘇った世羅の声に、「ハッ」と荒《すさ》んだ嘲笑《ちょうしょう》が漏《も》れる。

「……つまりは手切れ金のつもりかよ？」

ジャケット一枚でチャラにされる自分。カッコ悪すぎて、めまいがした。

これじゃまるでタラシ男に弄ばれてポイ捨てされる、遊び慣れてないバージンそのもの。

なんでオレがこんな惨めな想いをしなくちゃならないんだよ。

あれこれ考えてるうちにこめかみがジンジン熱くなってきて、鼻の奥がツーンと痛くなってくる。

（やべぇ、泣きそう）

熱く込み上げてくるものを、喉許でぐっと堪え、唇をきつく嚙み締めた。

こんなことで、泣いてたまるか！

うっすら水分が滲んだ目の際を手の甲でぐいっと拭ってから、大きく深呼吸。

落ち着け。とにかく着替えだと、まずはネクタイに手をかけた。だけどノットを解いている途中でまた、世羅の声がリフレインしてくる。

——だがもうすぐ、おまえを煩わせることもなくなる……。

シルクのタイを首から引き抜きかけていた指がぴくっと震えた。

「………っ」

ぴきっと防波堤に亀裂が入り、かろうじて抑えつけていた怒りがぐあーっと腹の底から突き上げてくるのを感じる。ついに決壊した激情の津波に押し流されるように、オレは引き抜いたネクタイを床に叩きつけた。

「ふざけんな、馬鹿野郎っ！」

憤怒のあまりに震える声で、ここにはいない男を罵る。

「いまさらそんなこと言っても百万年遅いんだよ！　大体もうとっくに…ッ」

（とっくに？）

自分で自分のセリフに眉をひそめた。

（とっくに……なんなんだよ？　オレ）

自問自答に、しかし答えが出ない。たった今自分が口にしかけた言葉を見失って、オレは所在なく部屋の真ん中に立ち尽くした。

喉のあたりに『何か』が閊《つか》えている——巨大なマシュマロでも詰まってるような重苦しい感覚。もどかしいくらい、すぐそこに。

手を伸ばせば届く距離に、『答え』があるような気がするのに。なのに、それ以上を追及しようとすると……思考がストップしてしまう。勝手にブレーキをかけてしまう。

胸がざわざわとして、息苦しかった。わかりそうでわからないもどかしさにイライラする。けれど、喉の奥に引っかかっている『何か』を吐き出して、その正体を見るのは怖い。なぜかはわからないけど、漠然と恐ろしい。

（知りたくない）

心の奥底に潜む、その『何か』を明らかにしてしまったら、いよいよ取り返しのつかない事態に陥りそうな予感がして……。

悪寒にぶるっと身震いしたオレは、嫌な予感を払うように首を振り、マイナス思考をむりやりプラスに切り替えた。

……そうだ、ものは考えようだ。このまま世羅がNYに帰ってしまえば、もとの日常が戻ってくる。平和で平穏な生活が帰ってくる。

もう、あいつの言動にいちいちイライラすることも、セクハラされることも、心を掻き乱されることもないのだ。ライバルも消えて、社内人気ナンバー1の座も復活、イケグラトップもふたたび奪取できて一石二鳥どころか、三鳥、四鳥も夢じゃない。

「なーんだ。ウハウハじゃん！　超ラッキー！」

故意に明るい声を出してテンションを持ち上げる。

あんな目障りな男、とっとと目の前から消えてくれるに限る。つか、もう一生戻ってくんな！

天井に向かって中指を突き立てたオレは、高揚した気分に背中を押され、部屋の中をのしのしと歩き始めた。

「たったの一ヶ月。あと一ヶ月我慢すれば……」

ぐるぐる周りながらブツブツ零していた言葉が、不意に途切れ、つられて足も止まる。

「……一ヶ月、か」

その限られた時間を改めて嚙み締めたとたん、せっかく浮上しかけていた気分がストーンと床まで落ちた。

ひと月後には帰ってしまう。

そうしたら、もうたぶん、二度と会うこともないんだ……。


午前中は妙にテンションが高かったかと思うと、午後には一転どんよりと低空飛行――といった具合に、異常にアップダウンが激しい。そんなオレの精神状態とは裏腹に、それからの二週間は、これといった劇的な事件も起こらず、淡々と過ぎた。

唯一の変化と言えば、SKトリオがNY本社に戻ることが正式に発表になったことくらいか。三人が帰国したあとは、社内からまた新しいメンバーを招集して、『特攻プレゼンプロジェクト』チーム自体は存続することが決まった。

「せっかく仲間になれたのに……帰っちゃうなんて残念だよねぇ」

井筒さんから発表があったあと、ブースに戻るオレの傍らに並んだ椿が、ため息混じりにつぶやく。心から残念そうなその声音を耳に、オレは黙って歩を進めた。

まだ心中は複雑に乱れていて、無難なコメントを返せるほどには整理ができていなかったからだ。

「まぁ、でも三人ともSK生え抜きのエリートだから、仕方ないのかもしれないけど」

「…………」

「せめてこのメンバーでやる最後のプレゼン、がんばろうね」

「………」

「有終の美を飾って、世羅くんたちへのはなむけにしよう」

力強いセリフに、引きつった顔でうなずくのが精一杯。

どんな状況下においても、あくまで前向きな椿が眩しい。それに比べてオレときたら、自分で自分の感情のコントロールもできなくて、眠りは浅いし食欲もないし……ダメダメ人間。

リストラの件もずーっと頭に引っかかっているのだが、ことがことだけに、ただでさえプライベートで大変な井筒さんや椿を巻き込んでいいのかという疑問もいまさら湧いて、結局ふたりには打ち明けずじまい……で、それに関しても進展ゼロ。

（いい加減、なんとかせにゃあ）

ブースの前で椿と別れ、自席に腰を下ろしたオレは、背もたれにギシッともたれて仰向いた。

アームリフトに両手を置き、ぼんやり天井を眺めていると、脳裏にふっと世羅の真剣な顔が浮んでくる。帰国の件を切り出された夜の……。

——オレが訊きたいのは……知りたいのは、おまえの本心だ。

あの時、リストラの件をオレに問い質された世羅は、何かを迷っているように見えた。

たしかに性格および性癖は最悪だけど、こと仕事に関してやつがキレ者であることは間違いない。半年間という限られた時間の中でも、きちんと見るべきところは見ているはず。その世羅が敢えて明解な回答を避け、保留にしたからにはまだ希望がある……と思いたい。

——とにかく、ひとつでも多くのコンペに勝って、新規クライアントを確保することだ。

今は、あの時の世羅の言葉に一縷《いちる》の希望を託して、目の前のプレゼンに全力を尽くすしかない。

そうだ。椿の前向きさを見習わなきゃ。

(一介の平社員であるオレにできることは、それくらいだもんな)

やっと少しポジティブな気持ちを取り戻して、オレはゆっくりと体を起こした。

その【ビクトリア・J】の企画は——せめてもの救いというか——比較的順調に進んでいる。

世羅と市場調査に出て、実際にセレクトショップで自分がユーザーになってみたりしたことが功を奏してか、その後は割とスムーズに企画の概要が決まった。それを相方の世羅に見せ、やつの意見も取り入れて作った叩き台をメンバーに発表。首尾良く賛同を得られ、それからは当日のプレゼンに向けてスタッフがそれぞれ動き出していた。

どうやらみんな、このメンバーでのプレゼンはこれがラストという気持ちがあるらしく、なんとなくいつにも増して力が入っている気がする。デフォで鉄面皮《てつめんぴ》な仁科はともかく、布施《ふせ》も気合い充分。

特に世羅は、オレに帰国を告げた夜から、何かを吹っ切ったみたいに一心不乱に仕事に打ち込んでいる。

そして、以前に輪をかけてもっと——オレに対してはっきりと一線を引くようになった。

元の鞘《さや》に戻ったかのように、昼に夜に、またSKトリオで行動するようになり(勝ち誇ったような仁科の薄笑いを見るのが嫌で、なるべく三人で一緒にいるところを視界に入れないようにしているんだが）、相方としての仕事はそつなくこなすけれど、プライベートでの接触はまったくナシ。食事や呑みの誘いはおろか、無駄話もほとんどしない。まるで、『同僚としての節度を守ったビジネスライクなおつきあい』を自らに課しているみたいだ。

おそらくは、無事に任務を完了して帰国が決まった今、もはや世羅の中でオレとのことは『終わった過去』なんだろう。

東京での現地妻とのちょっとした火遊びなんて、一刻も早く忘れたいだろうしな。

面倒なことになる前にさっさと手を引けってか？

そういやあいつ、異文化交流に妙に熱心だったもんな。『やはり日本という国特有のマーケットをより深く知るための近道は、現地の人間とつきあうことだ』とかなんとか、もっともらしいことをのたまわっていたっけ。

要はオレと寝たことも……仕事の一環だったたってわけか。

新たに導き出された見解に、こめかみがピクッと疼く。

何をどうしたって腹が立つだけなんだから、もう世羅のことは考えない、オレにとってもあいつは過去なんだと、あれだけ何度も自分に言い聞かせたのに。気がつくとまた詮無《せんな》いことを悶々《もんもん》と考えている自分がうざい。

（うぜーよ。うざすぎるよ……オレ）

せっかく少し前向きになれたっつーのに台無し。

まぁ、考えるなと言ったところで、会社ではどうしたって顔を合わせちまうし、席は隣りのブースだしで、完全に頭から払拭《ふっしょく》すんのは無理なんだよな。

こんな状態があと二週間か……。

遠い目で卓上カレンダーを眺めていた時だった。

「有栖――ちょっといいか？」

背後から耳慣れた低音が聞こえてくる。

（来た！）

全身の神経で背後の男の存在を意識しながらも、表面上は微塵《みじん》も気に留めていないフリを装い、オレは椅子をゆっくりと反転させた。資料らしき紙の束を持ってブースの開放口に立つ、忌々しいほどの美男を見上げ、至って平静な声音を出す。

「何？」

「プレスの森川《もりかわ》さんから送られてきた販促資料の中で、少し気になる箇所があったんだが」

「どれ？　ああ、そこか。オレもちょっと引っかかってたんだよな――」

内心のドロドロした感情はカンペキに覆い隠し、面と向かっては極力ビジネスライクに接する。

それが世羅に対するオレの、最後の意地であり、プライドだった。

こんな男のために傷ついてたまるか。

（絶対に傷つくもんか！）

資料に視線を落としている世羅を、上目遣いにこっそり睨みつけ、オレは心に誓った。

最後の日は、いなくなって清々したと、高笑いしながら送り出してやる。

6

準備に追われているうちに、さらに二週間は飛ぶように過ぎ——。

新緑が芽吹き始めた、五月の第二週の月曜日。プレゼン本番の朝がやってくる。

「おはよう。ちゃんと眠れた？」

午前九時四十五分。待ち合わせ場所の、青山は骨董《こっとう》通りの入り口に現れた椿の第一声に、オレは「まぁまぁかな」と答えた。椿の後ろには井筒さんもいる。今日はめずらしくビシッとネクタイを締めて髭もきれいに剃《そ》っていて、なかなかの男ぶりだった。

「少し顔色が悪い気がするが、大丈夫か？」

ギクッ。……井筒さん、鋭い。

実は昨夜は一睡もできなかったのだ。

規模でいったら、前回の【ＹＡＭＡＴＯ】のほうが断然大きかったし、今回はラウルを筆頭に、ほとんどのスタッフが顔見知りだからアットホームなプレゼンになるのはわかっている——んだが、いよいよこれで最後かと、この半年間の出来事をつらつら思い出していたら頭が変に冴えてしまって……。

だけどそれを口にすれば下手に心配を煽るばっかりなんで、できるだけ明るい声を出す。

「全然ダイジョブ。バッチリです」

「ホントぉ？　あ、世羅くんたちが来た！」

椿がSKトリオに手を振った。

「おはようございます」

先頭の、外面仕様白バージョン・世羅がそつのない笑顔を浮かべ、腰巾着・仁科も無言でわずかに頭を下げる。

「おはようっス」

ツンツン頭がひとつ飛び出たパンキッシュ・布施も、今日はスーツだ。ちなみに世羅はほとんど黒に近い濃紺のシングルスーツにえんじのネクタイで、いつになく渋く決めていた。

「全員揃ったところで、いざ出陣といくか」

井筒さんの号令でスーツの一団が動き出す。本来これだけの大人数で現場へ赴《おもむ》くことは稀《まれ》だが、今回は、このメンバーでは最後のプレゼンってことで、井筒さんがクライアントに特別に頼み込んでくれたのだ。

「あ、ここです。ここがヘッドオフィス」

【ビクトリア・J】のヘッドオフィスに辿《たど》り着くと、オレが先陣を切ってコンクリート打ちっ放しのシンプルな箱の中に入り、初回のオリエンの際にも通された会議室へとみんなを導く。

クライアント側のメンバーはすでに顔を揃えて着席していた。コの字型に設置されたテーブルの二辺に、直角にずらりと並んでいる。顔見知りの企画室のスタッフや、営業の清水《しみず》氏と小川《おがわ》氏の姿も見えた。

コの字テーブルの凹部分に座るのは三人。右端には、このプレゼンのために来日したラウル。左端にプレスの森川嬢。そしてセンターには見覚えのない顔が――。

（誰だろう？）

ストレートロングの金色の髪に縁取られた、その小さな顔を見つめ、内心小首を傾げていると、ラウルがにこやかに立ち上がった。

「お待ちしていました。どうぞお座り下さい」

促されたオレたちは、コの字の残った一辺にそれぞれ腰を下ろす。と、世羅だけが座らずに、そのまますっと前へと進み出た。なんだなんだと挙動を見守っていたら。

「Long time no see, Victoria」

ラウルの左側――つまり三人の真ん中に座っている金髪の若い女性に「ひさしぶりだね」と話しかけた。

（ちょっと待て。今、Ｖｉｃｔｏｒｉａって言ったか？）

「Year, how have you been?」

オレがわが耳を疑っている間にも、世羅と彼女は英語で会話を続けている。早口で聞き取りづらいけど、今世羅が「わざわざ遠くからありがとう。会えてとてもうれしいよ」とかなんとか言った気がする。……ってことは、やっぱり！

彼女がデザイナーのビクトリア・ジュリアン!?

ラウルはともかく彼女の来日は知らされていなかったので、井筒さんを初め、みんな一様に驚いている。いや、みんなじゃない。世羅だけは顔色を変えなかったところを見ると、ラウルから聞いて事前に知っていたのかもしれない。

(それにしても……)

ラウルのお姉さんっつーことは、オレより年上だったりするんだろうけど、パッと見は二十歳そこそこにしか見えないじゃん。若ッ!

さらさらの金髪のせいか、はたまた肌の色の抜けるような白さのせいか、なんとなく妖精っぽいルックスの彼女をぼーっと眺めていたら、ラウルが左手を姉の肩にかけて言った。

「紹介します。僕の姉であり、【ビクトリア・J】のデザイナーでもあるビクトリアです」

紹介を受けて、ビクトリアがかすかにはにかんだ笑みを浮かべる。

「いやん、かわいーっ。顔小さいっ」

オレの隣りに座っている椿が、興奮した小声でつぶやいた。

「ビクトリアは日本に来るのは初めてです。以前から日本の文化に興味があり、東京は大好きな街でしたが、なかなか実際に訪れる機会がありませんでした」

ラウルの言葉を森川嬢が通訳し、ビクトリアはコクコクと小さくうなずいている。

「今回、せっかくの機会だからと、古くからの友人である世羅が根気強く誘ってくれて、ようやく彼女も東京のオフィスを自分の目で見ることができました」

その説明を聞いたビクトリアが、世羅をにっこりと見上げた。

(へぇ……世羅が誘ったのか)

そういや、ビクトリアはすごくシャイで人前に出るのが苦手なんだって、前にラウルが言っていたっけ。だから自分が代わりに『ブランドの顔』として表に立っているんだ、と。

たしかにどこか小動物めいていて、下手に近づいたらびくっと震えてサササッと岩陰に隠れそうではあるけれど。

「今回のプレゼンテーションもとても楽しみにしているようです。では早速ですが、始めて下さい」

「はい」

ラウルのそのセリフを機に、オレは立ち上がった。

「有栖、がんばれ」

椿の声援に小さくうなずき、井筒さん、布施、仁科の顔をざっと視線で一巡してから身を返し、すでにクライアントの前に立っている世羅の側まで歩み寄る。

コの字に設置されたテーブルと向かい合うように、こちらは小ぶりなプレゼン用のテーブルが用意されていた。そのテーブルの後ろに回り込んだオレは、世羅と肩を並べると、まずはぺこりと頭を下げた。

「本日、プレゼンテーターを務めさせていただきます、有栖です。よろしくお願いします」

「同じく、世羅です。本日はよろしくお願いします」

挨拶を終え、体の向きを返した世羅と、目と目が合う。

（がんばろうぜ）

（お互いにな）

クールに眼差しだけのエールを送り合いながら、同時に心の中で思った。

……泣いても笑っても、こいつと組む最後のプレゼンだ。

刹那ツキッと胸に走った疼痛《とうつう》を、深呼吸で拡散させてから、オレは（おっし）と気合いを入れ直した。

忙しいスケジュールの合間を縫って来日してくれたラウルとビクトリアの期待に応えるためにも、今だけは私怨を忘れて、力を合わせる。

このプレゼンが、リストラ回避に繋がる一歩となることを信じて――。


「今回、ラウル氏から、【ビクトリア・J】が今後、日本というマーケットにおいて、どういったコンセプトで展開していくのが望ましいのか提案が欲しいという依頼を受けました」

椿が企画書を各クライアントに配り終わるのを待って、オレは口火を切った。この企画書はラウルのために英訳版を用意してあったので、その予備の一部をビクトリアにも渡す。

「ところで、先に世界に目を向けますと、現在全世界的な傾向として、アパレル市場の主流となっているのは、大型量販店です。全世界規模でチェーン展開するこういった量販店の利点は、サイズやカラーバリエーションの豊富な商品が、手頃な価格で手に入ること。あらかじめコーディネイトすることを前提として商品が企画・生産されているので、トップスとボトムスなどの、アイテム同士を組み合わせることが簡単なこと。そのブランド内で揃える限りは、色合わせや着こなしで悩む必要はありません。忙しいユーザーのために、デリバリーサービスまで取り入れているメーカーもある。消費者は、ただメニューからアイテムと色・サイズを選んでFAXかオンラインでオーダーするだけ。ピザの宅配さながら、数時間で洋服が手許に届く。まさにクイックかつリーズナブル、言うなれば、ファーストフードのようなファッションです」

オレの言葉を、今度は世羅が引き継いだ。

「さらに、すべての店舗がほぼ同じレイアウトで構成されているので、初めて訪れる店でも戸惑うことはありません。たとえ旅先であっても、気後れすることなく店内に入り、お目当てのアイテムをさほど時間をかけずに探し出すことができます」

「その手軽さから大衆の支持を得て、大手小売りチェーンは瞬く間に世界中に広がりました。いまや世界のどこへ行ってもこれらのチェーンの看板を目にしますし、アフリカでもアジアでも同じロゴつきのTシャツを着た若者を見ることができる。『ファーストフード・ファッション』が世界を制したとも言えます」

そしてまた世羅からオレへとバトンタッチ。今回はどちらかが主導権を握るのではなく、ふたりの掛け合いで進行していこうと事前の打ち合わせで決めてあったのだが、思っていたより、バトンの受け渡しがスムーズで、ほっとした。

「翻《ひるがえ》って日本のマーケットユーザーの意識はどうなのか。それを知るために、十代から五十代の男女を対象にアンケート調査を実施いたしました。お手許の企画書をご覧ください」

このアンケートを行うに当たって、D&SのデジタルTH企画室にサポートを頼み、会社のHPにアンケート専用のメールフォームを設置してもらった。会社のみんなに声をかけ、それぞれの家族や友人、知人などに協力を呼びかけてもらった甲斐もあって、最終的には幅広い層からの回答が二千近くも集まったのだ。

その二千近いデータを仁科が整理・分類したものが、企画書に十数ページに渡って記載されている。見やすいように、3Dグラフィックで図表化したのは布施だ。

「うわ……こんなにたくさん?」

「すごいね。これは貴重なデータだ」

クライアントたちの感嘆のつぶやきを耳に、パラパラと紙を捲《めく》る音が収まる頃合いを見計らって、オレはふたたび口を開く。

「まず第一問『あなたにとってのファッションとはなんですか?』という設問に対する回答を総括してみます。ここから読み取れるのは、大多数の男女が、服を、手っ取り早くイメージチェンジできる数少ない手段のひとつであると考えていることです。自分が現在どんな人間であるのか、そして将来的にどんな人間になりたいと思っているのか。身に纏《まと》うファッションによって、それを目に見える形で示すことができる。人々はただ服を買うだけでなく、生き方=夢も買っています。高級ブランドの服やバッグを買う時、消費者はそのブランドに付随する『イメージ』が欲しくて大金を支払う。『イメージ』という付加価値にお金を払っていると言っても過言ではありません」

「つまり、日本の消費者が求めているのは単なる『服』ではないということです。暑さや寒さをしのぎ、裸体を覆うためだけの布ならば、すでにクローゼットが満杯になるほど持っている。街には世界中から集まった多種多様な商品が溢れ、市場は飽和状態に達しています。有名ブランドならば無条件で飛びつく時期は過ぎ、現代の消費者は、商品を見る目も肥えてきています。――そういった意味でも、日本は供給側にとって魅力的な市場であると同時に、非常に手強いマーケットでもあるということを、まずは念頭に置かなければなりません」

世羅のよく通る低音がそう言い切った直後、クライアントがざわっとざわめく。森川嬢の訳に耳を傾けていたビクトリアの瞳が不安そうに瞬き、ラウルが片手を挙げて発言した。

「手強いマーケットの門戸をこじ開けるための戦略はあるのかな?」

「それを、これから一緒に考えていきましょう」

包容力に満ちた世羅の深い声音に、その場のざわつきが少し収まる。

やっぱこいつって、見た目の良さと低音美声とが相まって、存在自体に迫力があるっつーか、プレゼンテーターとして「映える」っつーか、立ってるだけで妙な説得力があるよな……。

悔しいけれど、そこは認めざるを得ない。――なんて横目で彫りの深い貌をちらちら見ながら密かに感心していると、当の世羅が言葉を継いだ。

「正直に言って、一時的な成功を収めることは、そう難しいことではありません。なぜならば人々は常に新しいトレンド《刺激》を求めているからです。先の大型量販店が取った戦略を模して、主要都市に店舗を次々と展開し、派手なテレビCMを流し、ファッション雑誌に広告を打って露出を多くすれば、一時的なブームは起きる」

「けれど、ブームは所詮ブームでしかない。そう長くは続きません」

オレの否定的なコメントに世羅がうなずいて、

「ただでさえトレンドの寿命は短い。人々がひとつのブランドに飛びつき、そして飽きるまでのスピードは、年々早くなっています。これは、生活のペースそのものが早まったせいもあるでしょう。情報化時代のデータ処理の加速により、私たちの時間感覚は歪んでしまっています。インターネットの普及のおかげで、パリやミラノ、NYから発生したファッショントレンドは瞬時に世界へと広まり、次々とコピーされ、増殖し、大衆によって貪欲《どんよく》に消費されていく――」

「だからこそ、【ビクトリア・J】にはそうはなって欲しくない。一時のブームに乗って短期間で消費されて欲しくはないのです。じっくりと、ゆっくりと、末永く真のユーザーに愛され続けて欲しい」

目の前のラウルとビクトリアにまっすぐ視線を据え、オレは訴えるように告げる。無意識にもその口調は、ビジネス仕様を逸脱して、若干私情を帯びたものになっていた。

プレゼンテーターを任じるからには、本来は、極力個人的な感情は排すべきだというのはわかっている。それでも、どうにも私情が混じるのを抑えることができなかったのだ。

オレ自身、ラウルの仕事を尊敬していたし、彼が自分のブランドをとても大切にしていることも知っていたから、自分たちの流儀を曲げて妥協するような真似だけは、絶対にして欲しくなかった。

世羅はそんなオレを諌《いさ》めるでもなく、しかしその分、自身は落ち着いた声音で淡々と進行を続ける。

「そこで、私たちが提案するコンセプトワードは、『ファーストフード・ファッション』の対局に位置する、『スローフード・ファッション』です」

「……『スローフード・ファッション』」

ラウルが噛み締めるみたいにひとりごちた。このネーミングは井筒さんと椿の合作だ。

「そう――こだわりを持った服づくりの本質は変えず、時間がかかってもいいから丁寧に、『本物』を作って売っていく。日本のマーケットにおいても、無理をして日本のスピードに合わせる必要はありません。生産ルートが変わっても、今までのスタイルは頑固に保持し続けるべきです」

世羅の言葉に思案げな面持ちで耳を傾けていたラウルが、おもむろに口を開く。

「そうしたいのはヤマヤマだけど、実のところ……それでやっていけるのかが問題だよね」

満を持して日本市場に打って出るからには、早々に撤退の憂き目にだけは会いたくないと思うのは当たり前のことだ。プロデューサーであると同時に経営者であるラウルの、懸念《けねん》が滲《にじ》む声を聞いた瞬間、オレはとっさに右手を挙げていた。

「あの、すみません。私事で恐縮なんですけど」

みんなが一斉にこっちを見る。

「………っ」

視線の集中攻撃にうっと怯んだオレは、反射的に世羅を顧みた。

世羅は無言。だけど切れ込みの深いその目は「言いたいことがあるなら言え」と促しているように思えた。それに勇気を得て、すーっと息を吸い、思い切って声を出す。

「今回、プレゼンのお話をいただいてから、実は初めて【ビクトリア・J】の服に袖を通しました。正直言って、これまでは雑誌とかで見てカッコイイなって思っても、なかなか手が出なかった。やっぱ庶民には高嶺《たかね》の花って感じで……。でも実際に着てみたら、見た目のカッコよさだけじゃなくって、すっごく着やすいのに驚きました。パターンにもテキスタイルにも随所にこだわりが感じられて、うるさ型のユーザーにカリスマ的な人気があるのも、これなら納得できるって思った」

正面にある、ラウルとビクトリアの顔を見つめて、拙《つたな》いなりに懸命な言葉を紡いだ。

「そういうのって、ちゃんと伝わると思います。時間は多少かかっても……。逆に、少しでも力を抜いたら、今までのファンも裏切ることになってしまう。熱心なファンであればあるほど、一度裏切られたと思ったら、二度と戻ってはきません」

「…………」

ふたりは黙っている。表情も動かない。ちょっと焦った。

アンチなこと言いすぎたかな。

でも遠慮して言いたいことを言わずにいて、あとで後悔したくない。

「もちろん今のままの価格設定じゃ、庶民にはなかなか手が出ないんで、生産コストを下げる努力は必要です。おそらく国内の生産・流通のシステムが確立すれば、不可能じゃないはず。品質はこのままで、もう少しリーズナブルになったら、オレ買いますよ。そうしょっちゅうは無理だけど、ここぞという時の勝負服にって。そういうやつ、きっとたくさんいると思う」

逸《はや》る心のままに一気にしゃべって言葉を切った。

息を詰めて、ふたりの反応をそっと窺う。

目が合った瞬間、ラウルがにっこりと笑い、少し遅れてビクトリアも微笑んだ。

それを見てほっとする。かろうじて言いたかったことは伝わったみたいだ。

肩の力を緩めて横を見たら、世羅もなんだかすごくやさしい目でオレを見つめていて……心臓がドキッと跳ねる。

(世…羅?)

ひさしぶりに感情の籠もった眼差しを向けられて、オレもドキドキしながら見つめ返していると、世羅がすっと視線を逸らした。クライアントの方へと視線を転じ、冷静な声で確認する。

「基幹となるコンセプトについてはご賛同いただけましたか?」

「うん。自然体でのニュートラルな服づくりっていうのが、僕とビクトリアの個人的なテーマでもあるから。『スローフード・ファッション』はそれとも通じるしね」

ラウルがそう言ってくれたので、半分くらい肩の荷が下りた。よかった。ここで大前提のコンセプトを否定されたら、みんなの苦労が水の泡になるところだった。

ちらっと視線を向けると、井筒さんをはじめ、椿、布施、鉄面皮の仁科ですら、安堵《あんど》の表情を浮かべている。世羅もやっぱりほっとしたみたいで、その表情がわずかにやわらいだ。

「では、次に具体的な提案に移ります。まずは日本の第一号のショップとなる旗艦店《フラッグ・ショップ》について」

世羅の深くなめらかな美声を耳に、しかしまだ後半戦があると、腹にぐっと力を入れ直して、オレも言葉を継いだ。

「私たちが考えるショップコンセプトは、カリスマディレクターであるラウル氏とデザイナーのビクトリア氏の、ライフスタイルそのものを具現化した複合型ショップです」

「ライフスタイルを具現化？」

ラウルがやや不思議そうに、オレのセリフを繰り返した。

「朝起きてから寝るまで、ふたりが一日をどういったものに囲まれて過ごすのかを再現する。もちろん、中心となるのは【ビクトリア・J】の商品ですが、その他に、ふたりがお気に入りのインテリアとか雑貨、好きなCDやレコード、インスパイアされたアート、本などをショップの中に散りばめます」

「言ってみれば、そのショップは、『ふたりの部屋』の再現とも言えます」

オレの説明を、世羅がさらに補足する。

「……『ふたりの部屋』」

ラウルはまだピンと来ていないようだ。……うーん、どう言えば伝わるかな。

「部屋っていうのは、住人の嗜好《しこう》とか人間性が表れると思うんです。住んでいる家を見れば、その人がどんな人か、なんとなくわかるっていうか」

「うん、それはそうかもしれないね」

「つまり、ふたりの部屋は、ふたりのライフスタイルを体現しているはずで……」

母国語が違うっていうのもあるけど、なかなか上手い説明が出来ない自分をもどかしく思っていると、世羅がさりげなく口をはさんでくる。

「【ビクトリア・J】のコアユーザーは、ラウルのカリスマ性やビクトリアの感性に刺激を受け、ふたりが創り出す世界観に魅了されている。彼らは、【ビクトリア・J】というブランドのユーザーであると同時に、ブランドの創造主であるラウルとビクトリア自身のファンでもあります。ファン心理として、ラウルがいつもどんな音楽を聴いているのか、ビクトリアがどんな作家の本を好んで読むのかなど、ふたりのライフスタイルを知りたいと思うのは、自然な成り行きなのではないでしょうか」

「……うん」

「通常、彼らは商品である服を介して、ラウルやビクトリアが発する『メッセージ』を受け取っていますが、複合型ショップが実現化すれば、ふたりのライフスタイルを垣間見ることができるようになり、音楽やアートなど、より幅広いジャンルからも、『メッセージ』を受け取ることができるようになる」

「なるほどね」

ようやく納得した声を出したラウルが、傍らのビクトリアに何かを囁き、彼女もコクコクとうなずく。オレもつい、彼らと一緒にうなずいてしまった。さすがは世羅、とちょっと感心。

「この複合型ショップに対するユーザーの反応によっては、ゆくゆく【ビクトリア・J】が家具や雑貨をプロデュースしていくという、新たな事業展開も考えられます。その試金石の意味でも、おもしろい試みだと思いますが」

「たしかに、やってみる価値はありそうだね。日本における第一号店は、僕とビクトリアにとっても特別なショップにしたいと思っていて、なんらか他店にない特色をつけたいと思っていたから」

ラウルの前向きなコメントに、オレの口からふーっと細い息が漏れる。

なんとか第二難関クリア？

しかしここで油断は禁物とばかりに、世羅が言葉を継いだ。

「今後の店舗展開についてですが、無闇に店舗を増やしてリスクを負うよりは、一号店が安定するまでの当分の間は、様子見をすることをお薦めします」

「しかし、それじゃあ東京近郊のユーザーしかショップに来られず、今までとあまり状況は変わらないことにならないか？」

もっともなラウルの疑問にはオレが答える。

「それに関連しては新たな提案があります。新店舗の代わりに、オンラインショップを開設する、というのはどうでしょう？」

「オンラインショップ？」

「これによって遠方の顧客をフォローすることができます」

「――インターネット通販か」

ラウルのつぶやきを引き取るみたいに、世羅が落ち着いた声を紡ぐ。

「ただし、先程のアンケート調査からもわかるように、店内での買い物という行為自体を楽しむ消費者が多いことは事実ですので、折を見て少しずつ新店舗を増やすことは必要です」

「そうして、オンラインとリアル店舗のそれぞれの特性を上手く活かしつつ、最終的には同時に運用していくことが望ましいと思われます」

もはや『あ・うん』の呼吸で、テンポよく畳みかけながら、オレは不思議な感慨に囚われていた。

世羅とはここ一ヶ月、必要最低限の会話しか交わしていない。

なのに、まるで長年連れ添ったカップルみたいな、この絶妙の間合いはなんだ?

もちろん、あらかじめ企画にのっとったシナリオはあるけれど、さっきみたいにオレが突っ走ってしまうようなアドリブだってあるのに。

それでも世羅は動じることなく、ちゃんとフォローしてくれて――オレも、心のどこかで世羅が後ろでしっかり支えてくれると信じているから、安心して無茶ができるのかもしれない。

時には敷かれたレールを逸脱して、自由に……のびのびと。

今までもコンペのたびにいろいろな人と組んでプレゼンしたけど、ここまで息が合った相方《パートナー》はいなかった。

これほどまでに全幅の信頼を寄せて、背中を預けられた相手は――。

（いなかった……）

ふっと頭に閃いた疑問に、オレはつと眉をひそめた。

この先、世羅がＮＹに帰ってしまったあと……こいつ以上のパートナーに巡り会うことができるんだろうか。

「…………」

「有栖？」

耳許で小さく名前を呼ばれ、びくっと肩を震わせる。顔を横向けると、世羅が訝しげな顔つきでこちらを見ていた。

（どうした？）

問いかけるような眼差しに晒されて、じわっと額の生え際に冷たい汗が滲み出る。

何をボーッとしてるんだ。プレゼン中だぞ⁉

（馬鹿っ……いくらなんでも気を許しすぎ！）

自分に喝を入れてから、ごめん、と小声で謝った。

頭を切り換えて、ラストスパートをかける。

「さて――最後は、複合型ショップをさらに特化するための提案となります。よりオリジナリティを追求するユーザーのための、カスタマイズ・システムの導入です」

「カスタマイズ・システム？」

「バッグや靴など、ある特定の商品に限り、オプションで、生地やデザインのディテールの変更を受けつけるシステムです。既製品でありながら、個々のパーツをセミ・オーダーできる。このシステムによって、ユーザーは自分だけのオリジナル商品を手に入れることができます」

「それはおもしろいね！」

今度はすぐにラウルが反応してくれた。

「このシステムを日本での第一号店に導入すれば、店の話題性を高めることはもとより、商品そのものの希少性をも高めることができます。そして何より、ユーザーの感性を育て、創造力を養っていくことができる。これは、ひとりひとりの個性を尊重するという【ビクトリア・J】の理念にも叶っているのではないでしょうか」

世羅の締めの言葉にラウルがうなずく。

——終わった。

その表情に手応えを感じ、無事に任務を果たした達成感に安堵の息を吐いたのも束の間、ほどなく、相反する感情がじわじわと込み上げてきた。

本当に……終わっちゃうんだ。

そして、終わってしまったら……もう、次はない。

（次は、もうない）

突然。出し抜けに。その事実が臨場感を伴って胸に迫ってくる。

今までも、頭ではわかっていたつもりだったけど、どこか現実味がなかった。それが今やっと、実際の『終わり』に直面して、実感が湧いてきた。

本当にこれが最後なのだ。もう二度と、世羅とプレゼンで組むことはない。一緒に企画を考えることも、見解の相違で言い合うことも、共に現場に足を運ぶことも……ない。

大声で怒鳴り合うことも、喧嘩することも、抱き合うことも……。

改めて、今後自分が失うものを再確認しているうちに、寂寥感《せきりょうかん》がどんどんどんどん大きくなってきて——胸いっぱいに膨らみ、ついには弾ける。

——嫌だ。

(そんなの……嫌だ)

ぐっと両手を握り締める。

次がないのならせめて——。

せめて終わりたくない。このまま、終わらないでいたい。このまま……ずっと。ずっと……終わらないで……。

(……オ……レ?)

ずっと胸に閊えていた『何か』が今にも抜け落ちそうで——小刻みに首を振りながら両目を見開いた時、傍らの世羅がパタンと手許の企画書を閉じる音が聞こえた。

「私たちのプレゼンテーションは以上で終わりです」

オレの懇願も虚《むな》しく、世羅の低い声が耳許で『終わり』を告げる。

世羅がクライアントに向かって頭を下げる——その動作が、まるでオレと世羅の周りだけ時間が静止したみたいに、スローモーションで見えた。顔を上げ、ゆっくりとこちらを向いた世羅が、促すようにオレをじっと見る。褐色の瞳に、魂が抜けたみたいな、惚《ほう》けた表情の自分が映り込んでいた。

「………」

みんなが見ている。何か……言わないと。

焦点の合わない両目を瞬かせたあと、オレものろのろと頭を下げる。カラカラに乾いた喉から、かろうじて声を絞り出した。

「ご静聴……ありがとうございました」

パン、パン、パン、パン！

会議室に響いた拍手の音で、オレは茫然自失状態からわれに返った。

ハッと顔を振り上げた視線の先では、ラウルが立ち上がって拍手をしている。やがてビクトリアも兄に続き、ぱちぱちと手を叩き始めた。その他のスタッフも順次それに倣《なら》う。

拍手の音を耳に、クライアントの笑顔をぼんやり眺めていると、ラウルが席を離れ、オレたちの前までやってきた。

オレと世羅が並ぶテーブルの前で足を止め、

「とてもいいプレゼンテーションだった」

明るい声でそう言ってから、まっすぐにオレを見た。

「たくさんの、新しくておもしろい提案をしてもらって僕らも刺激を受けたし、何より【ビクトリア・J】のことを──僕とビクトリアのことを理解してくれた上で企画を立ててくれたことがうれしかった。ありがとう」

「……いえ、こちらこそ。オレも今回のプレゼンは仕事の枠を超えて、企画を考えるのが楽しかったです」

心から言った。ラウルがにっこりと微笑む。

「ぜひ、きみたちに力を貸してもらいたい。日本でのビジネスパートナーになってください。よろしくお願いします」

すっと右手を差し出され、じわっと歓喜が込み上げる……。

（……よかった）

「ありがとうございます」

オレが差し出した右手を、ラウルがぎゅっと握り締めてきた。オレも力いっぱい握り返す。

「ご期待に添えるよう、精一杯がんばらせていただきます」

「有栖！　よかったね！」

椿が駆け寄ってきて、オレの背中に抱きついた。

「よくやった！」

井筒さんも満面の笑みだ。

「Congratulations!」

布施と仁科も世羅の側に駆けつけて、口々に健闘をたたえている。

「立つ鳥跡を濁《にご》さず。これで心おきなく戻れますね」

「……っ」

仁科のセリフにぴくっと肩を揺らし、振り返った刹那、ちょうどこちらを向いていた世羅と目が合った。しばらく黙ってオレの顔に視線を留めてから、声をかけてくる。

「おめでとう」

「……うん」

こっちも何か返さなくちゃと思ったのに、喉の奥に何かが詰まったみたいに、それ以上の言葉が出なかった。

「がんばったな」

やさしい声でねぎらわれ、いよいよ胸が苦しくなる。

自分の企画が認められたのはうれしい。でも、プレゼンを成功させることができたのは、オレだけの力じゃない。チームの、いや、会社のみんなが力を貸してくれたおかげだ。

(何より、世羅……おまえがいたから)

そうだ。いつだって、世羅がいたから勝つことができた。

【東洋ケミカル】の時も、【リストランテ　ＫＡＤＯＭＡ】の時も、【ＹＡＭＡＴＯ】の時も、そして今日も。

おまえがいたから。おまえが支えてくれたから——オレは全力を出し切ることができた。

そのおまえがいなくなったらオレは……。

(どうすればいいんだよ?)

ひたひたと胸を塞ぐ絶望に、まるで酸欠にでもなったように目の前がうっすら暗くなっていく。

親に置き去りにされた子供みたいな、途方に暮れた気分で、目の前の端正な美貌を見上げた。

(……世羅)

なんで、こんなに心許ない気分になるんだろう?

なんでこんなに胸が痛いんだ? しくしく疼くんだ?

わけがわからず、混乱のままに奥歯をぐっと食いしめた時。

長い時間をかけて徐々に下へ下へと降りてきていた『何か』が、ついに最後の閊えを乗り越えて、ストンと胸に落ちた。とたん、すーっと胸のもやが晴れ渡る。

直後、もやの中から現れた『答え』に、オレはうっすら瞠目した。

(そっか、オレ……)

世羅が——好きなんだ。

初めて会った瞬間から、自分より何もかもハイクラスな男にライバル意識を剝き出しにしながらも、その存在が気になって仕方がなかったのも。

親兄弟にすらひた隠しにしていた長年のコンプレックスを、世羅にだけは晒け出してしまったのも。

自分が、世羅にとって唯一無二の存在でないことに傷ついたのも。

嫌だ嫌だと抗いつつも、そのたび流されて体を重ねてしまったのも。女の子相手じゃ反応しなかったのに、その愛撫に感じてしまったのも。

世羅の帰国があんなにもショックだったのも。

すべて――好きだったから。世羅が、好きだったからだ。

そう思えば、この半年間、コントロール不能だった自分の言動にすべて合点《がてん》がいく。

同性で、『敵』で、二重人格で、節操ナシで、オレのことなんか遊びでしかないのかもしれないけど、それでも――。

(好き……)

エリートであることに胡座《あぐら》を掻かない、仕事に対する真摯《しんし》な姿勢も。普段はクールだけれど、いざという時にさりげなく腕を差し伸べてくれる、その包容力も。ドライに見えて、意外や熱い内面も。意地悪だけど本当はすごくやさしいところも――何もかも全部。

(好きだ……)

自覚と同時に、初めて知るような、切なくも熱い感情がどっと込み上げてきた。

だけどすぐに、冷水を浴びせかけられたみたいに一瞬で全身が冷える。

(って、今頃になって気がつくなんて遅いよ……)

こんな大事なことに、今になって気がつく自分の鈍《どん》くささ、うかつさ加減を呪いたくなる。

たしかに、世羅への恋心を自覚するまでには、たくさんの障害が立ち塞がっていたけれど、それにしたって遅すぎる。

もう、数日後には帰っちゃうのに。これが最後のプレゼンだったのに。

馬鹿。オレの馬鹿っ。

自分を罵倒しながら立ち尽くしていると、世羅がじわりと双眸を細めた。

「最後が白星でよかった。これで俺も心おきなく本社に戻れる」

そのセリフにズンッと胸の底がたわんだ。

——帰るな。NYになんか帰らないでくれ！

そう言いたかったけれど、喉が強ばって声が出ない。

もどかしい思いを持て余し、目の前の顔を焦燥の滲む瞳で見つめる。

「…………」

そこへ、世羅の後ろから声がかかった。

「そろそろ行きましょう」

振り返った世羅が、背後の仁科に「ああ」とうなずく。

「……ど、どこへ？」

上擦った声で尋ねるオレに、仁科が眼鏡のレンズ越しの冷ややかな一瞥をくれた。

「私たちは昼から次の打ち合わせが入っていますので、ここで失礼します」

さぁ、と仁科に促された世羅が、最後にオレを切れ長の双眸の端でちらっと捉《とら》えたあと、肩を翻す。

「ラウル――じゃあ、また連絡する」

「今日はありがとう」

ラウル、ビクトリアと順に握手を交わし、『ビクトリア・J・ジャパン』のスタッフに挨拶をして、世羅が会議室から出ていく。布施と仁科を両脇に従え、視界から遠ざかっていくその後ろ姿を、オレはじりじりとした気分で見送った。追いかけていきたい衝動にも駆られたけれど、勇気が出なくて。

そもそも追いかけてどうするんだ？

気持ちを伝える？

――いまさら？

初めて会った時から、世羅に対しては敵愾心《てきがいしん》剥き出しで、顔を合わせれば憎まれ口を叩いてきた。特に体の関係ができてからは、混乱と苛立ちから、なかば八つ当たりみたいにきつい言葉を投げつけてばかりで。

世羅に対して素直になれたことなんて一度もない。やさしくされても意地を張って、うれしい気持ちを返せなかった。恋情の裏返しとはいえ、ひどいことも随分言った。この前、ジャケットをプレゼントしてもらった礼だってまだ言っていない。

そんなオレを、あいつはどう思っているんだろう。

考えてみれば、何度もエッチはしたのに、今まで一度も世羅がオレをどう思っているのか聞いてみたことがなかった。

向こうは、それこそ一時の火遊びくらいにしか思っていない可能性が高い。

それなのにいまさら気持ちを伝えたところで……あいつにとっては迷惑なだけかもしれなくて。

世羅の負担になるくらいだったらいっそのこと、このまま何も言わずに別れたほうが——。

自分が今どこにいるのかもしばし忘れ、部屋の真ん中に佇んで悶々と思いあぐねていると、背後から声がかかった。

「アリスくん。ちょっといいかな」

ラウルだ。その声で、ここがクライアントの会議室である現実に立ち還る。

「ビクトリアが、きみに直接お礼を言いたいって」

「あ……は、はいっ」

あわてて身を返したオレは、目の前の予想外のビジュアルに一瞬虚を衝かれた。

「……あ」

金色の髪に縁取られた小さな顔は、オレの目線のずいぶん下にあった。車椅子に座ったビクトリアの、その後ろにプレスの森川さんが立っている。

初対面からすでに座っていたので気がつかなかったけれど——。

「十代の頃に事故に遭って、それ以来ね」

横合いからの声に顔を振り向けて、姉の傍らに立つラウルを見る。ビクトリアを見つめる彼の眼差しは、愛情に溢れ、やさしかった。

「そうだったんですか」

それで……人前に出るのが苦手だって言っていたのか。

はにかんだ笑顔のビクトリアが、小さな声で「Thank you so much」と囁いた。

「It's my pleasure, thank you for the opportunity to be of service」

オレもおぼつかない英語で返す。『こちらこそ、お役に立てる機会をありがとうございました』って――ちゃんと通じたか心配だったけど、ビクトリアはにこっとしてくれた。

膝の上に置いた英文の企画書に触れて、ビクトリアが早口の英語で何かを訴えてくる。オレが小首を傾げて「Pardon?」と訊き直すと、ラウルが通訳してくれた。

「すごく一生懸命考えてくれたのが伝わってくるって言ってる。【ビクトリア・J】のユーザーのことも考えてくれてうれしかったって」

「あ、ありがとうございます」

そんなふうに言ってもらえて、なんかちょっとジーンとしてしまった。プランナーやっててよかった、なんて……。

姉の肩に手を置いたラウルが、「疲れただろう。少し休んだほうがいいよ」と言い、コクッと首を縦に振ったビクトリアが、オレにバイバイというふうに手を振った。

手を振り返すとにこっと笑い、森川さんが車椅子を回転させる。

ゆっくりと去っていくふたりを見送りながら、ラウルが問わず語りに話し始めた。

「仕事で日本を訪れた父がお土産にキモノを買ってきて……そのテキスタイルの美しさに魅せられたのが、ビクトリアがデザイナーになるきっかけになったんだ。それまでのビクトリアは足のこともあって、家に籠もって塞いでいることが多かった。でも、キモノに夢中になってからは、絵を描き始めたり、日本の伝統的な染めを勉強し始めたりと、すごくポジティブに変わったんだ。まぁ、シャイなのは今も変わらないけれど」

ビクトリアの姿が会議室から消えると、ラウルは視線をオレに向ける。

「今でも、かなりの枚数のキモノを自宅にコレクションしているくらいで、【ビクトリア・J】のテキスタイルは、日本の織物や染色の影響をかなり受けている」

そういえば、オレが世羅に買ってもらったデニムジャケットにも金糸が織り込んであったっけ。

「ビクトリアのデザインおよびテキスタイルの原点という意味で、言わば日本は【ビクトリア・J】の第二の故郷だ。だから僕もビクトリアも、日本には特別な思い入れがあって……日本進出だけは、絶対に失敗したくなかった。好きだから、思い入れが強いからこそ、慎重になった。本格的な進出の何年も前から準備を重ねて……」

「日本語も勉強したんですよね？」

オレの確認にラウルが少し照れたように笑いながらもうなずいた。

「ネイティブの個人レッスンをつけて猛特訓した。日本語は本当に難しくて参ったよ」

「すごく上手ですよ。オレなんか爪の垢《あか》を煎《せん》じて呑みたいくらい」

ありがとうと口許を綻《ほころ》ばせて、ラウルが言葉を継ぐ。

「五年前に【ビクトリア・J】の雑誌広告の仕事で世羅と知り合った。彼が日本人だということもあって、日本進出についていろいろ相談をしたんだ。広告の仕事が終わったあとも、友人として個人的に、『ビクトリア・J・ジャパン』の設立に力を貸してくれた。実は、二月に行ったシークレットパーティも、世羅の企画だったんだ」

「えっ、あれが!?」

オレもそのパーティには世羅の招待で参加させてもらって、ラウルともそこで初めて顔を合わせたんだけど、そんな裏事情があったのか。

「会社を一月に設立して、いよいよ本格的に日本のマーケットに参入するという段階にきて、急に不安になってしまってね。実際のところ、どれくらい日本のユーザーが待っていてくれているのかわからなかったから。その話をしたら、世羅がイベントをやってみたらどうだって」

「そうだったんですか」

「結果的にパーティは大成功で、ユーザーの熱意も肌で感じられて、僕も自信がついたよ」

あの頃の世羅が、会社の仕事と本社の仕事の他にも、そんな三足のわらじを履くようなハードな生活を送っていたなんて、まったく気がつかなかった。

「何から何まで世羅には本当に世話になったし、当然ながら旗艦店の立ち上げも彼に任せるつもりだったんだけど……ただ彼がいずれ本国に帰ることはわかっていたから、そうなったあと、引き続き残りのスタッフに任せて大丈夫なものなのか、僕自身やっぱり不安で。……ごめん」

申し訳なさそうに謝られて、オレは首を横に振った。

「いいえ、そう思われるのは当然だと思います」

「そうしたら、世羅がちゃんと日本のスタッフの実力を確かめてから、仕事を頼むかどうかを決めたほうがいいって。それで今回プレゼンテーションをお願いすることになったんだけど、できればビクトリアも一緒に見て納得したほうがいいんじゃないかって、世羅がさらにアドバイスをくれて……電話で姉を説得してくれたんだ」

「世羅が、ビクトリアを？」

びっくりして両目を見開く。

「正直、まさかビクトリアが承諾するとは思っていなかったから、僕もすごく驚いた。うれしい驚きだったけどね。【ビクトリア・J】が成功して、マスコミの注目を浴びるようになり、プライベートまで取りざたされるようになってから、姉はいよいよ引き籠もるようになっていたから。東京のオフィスは見せたかったし、スタッフにも会わせたかったけど、無理だろうって諦めていたんだ。でも、世羅が本当に毎日のように電話して『東京のスタッフはみんなやさしいし、大丈夫だよ』って励ましてくれて……東京に来てからも、彼女が不自由な思いをしなくて済むように、すごくケアしてくれた」

「そうですか……世羅が」

そんな気配、微塵《みじん》も窺わせなかったのに――。

「そのせいか、今回のことでビクトリアも自信をつけたみたいで、また東京に来たいって言っているんだ」

明るく弾んだ声でラウルが言った。どちらかというとクールビューティといった印象が強かったけれど、今のラウルは子供のようにうれしそうだ。

「今回、ビクトリアと一緒にプレゼンテーションに参加できて、本当によかった。これから先、きみたちと一緒に仕事ができるのが楽しみだよ」

「ありがとうございます」

「そういえば、世羅はこのあとすぐにＮＹに戻るらしいね」

「あ……はい」

心の準備がないままに、突然痛い話題を振られて、もしかしたら顔色が変わってしまったのかもしれない。

しばらくもの言いたげな眼差しでオレの顔を見つめていたラウルが、不意に尋ねてきた。

「いいの？」

「え？」

「このまま世羅と離ればなれになってしまって、いいの？」

ずばり核心を突かれ、息を呑んだ。もちろん、よくはないけど……。

「帰国に当たって、世羅には何も言われていない？」

さらなる問いかけに、唇を噛み締めて首を振った。

「待っててくれとか、迎えにくるとか」

胸の軋みを覚えつつ、低い声を落とす。

「いいえ……何も」

「僕の見込み違いだったのかな。今度ばかりは世羅は本気なのかと思ったんだけどね」

訝しげに眉をひそめたラウルが、ひとりごちるみたいに言った。

「あいつが手を出すのは、僕も含め、決まって後腐れがなさそうな遊んでいるタイプばかりだった。きみみたいに見るからに面倒そうな――失礼、ウブそうなタイプは初めてだったから、僕はてっきり」

「……てっきり？」

「正直、初めはいつものつまみ食いかと思って、だから『本気になるな』と釘を刺したりもしたんだけど。でも世羅の口からきみの話題が頻繁に出るようになって、折り入って話を聞いているうちに、だんだんこれは違うな……という気になってきてね」

「世羅が、オレの話を？」

「そう。特にこの一ヶ月は電話で悩み相談をね。あんなふうに対人関係で落ち込む世羅も初めてだったし……さっきの、ぴったり息の合ったプレゼンテーションの様子を見ていて、今度こそ本気だって確信したんだが」

「………」

「おそらく世羅自身、今までは誰かに本気になるのが怖かったんだと思う。ああ見えて人間関係には人一倍不器用だしね」

「不器用？　世羅が？」

「不器用だよ。どうでもいい相手にはいくらでもスマートに振る舞えるのに、好きなコを前にすると素直になれなくて、いじめたり、わざときついことを言って泣かせたり……小学生並み。それで自分で落ち込んでりゃ世話ない」

肩をすくめたラウルが、オレに向かってにっと笑った。

「そう言った意味でも、きみたちは似た者同士でお似合いだ」

「ラウルさん……」

「あの時、余計なことを言ってごめん。あとね、一応言っておくけど、僕と世羅はもう本当になんでもないよ。僕にずっと心に想っている人がいることを……その想いが生涯報われないものであることを世羅は知っていて、その上での、お互いに割り切った関係だったんだ」

あらぬ彼方を見つめるような、物憂げな表情でつぶやく。切れ者カリスマ・ディレクターにそぐわない、そのどこかぼんやりした顔つきに、内心少し戸惑った。

(ラウル……?)

「というわけで、誓って今の僕らは、純粋な友人関係&仕事上のパートナーでしかない」

アンニュイモードから一転、いつものシャープな表情に戻ったラウルが、そう断言する。

「だから安心してぶつかっても大丈夫」

その力強いエールを耳にした瞬間、迷いがふっと吹っ切れるのを感じた。

そうだ……プレゼンも同じ。

遠慮して言いたいことを言わずにいて、あとで後悔したくない。——そう思ってぶつかったからこそ、言葉のハードルを乗り越えて、ラウルとビクトリアに熱意を伝えることができた。

今までオレはずっと、自分の本心から目を逸らして、世羅からも逃げてきた。

どうしようもなく世羅に惹かれている——自分の気持ちを認めたくなくって。

だけどもう、逃げるのはヤメだ。ビクトリアが勇気を出して憧れの地を踏んだように、オレもコンプレックスを乗り越えて一歩を踏み出したい。

もちろん、打ち明けたところで受け留めてもらえないかもしれない。

でも、言わずにあとでグジグジ後悔するなんてオレらしくない。駄目だったら、それはその時考えればいい。

まずは面と向き合って、世羅にぶつかってみる！

決意と共に、オレは両の拳をぎゅっと握り締めた。

「ラウルさん、ありがとう！」

迷う背中を押してくれて——感謝します。

「がんばってね」

笑顔のラウルにぺこっと頭を下げたオレは、顔を上げるなり、出口に向かって駆け出した。

7

世羅《せら》たちが会議室を出てからかなり時間が経ってしまっているから、もう建物の中にはいないかもしれない。焦燥のまま、とにかく全力で廊下を走って、エントランス付近まで行ってみたが、やはり三人の姿は見当たらなかった。

「やっぱ……いない…か」

玄関口の前で足を止めて、きょろきょろと周囲を見回す。

「あれから五分は経ってるし、とっくに出ちゃったよなぁ」

仁科《にしな》が打ち合わせって言ってたけど……どこへ行ったんだろう。たぶん、本社関連だよな。

行き先を聞かなかったことが悔やまれる。

(どうしよう。世羅の携帯にかけてみようか。それとも会社で待つ？ いや、いっそのこと自宅マンションで待ち伏せる？)

世羅を捕まえる策を思案しつつも、でもまだ諦めきれなくて、未練がましく外まで出る。歩道に立つなり、ぐるっと周囲を見回して——左手の骨董《こっとう》通りに目をやった時、探していたターゲットを見つけた。

「いたっ！」

こちらに背を向けて並び立つ長身スーツの三人組！

どうやらタクシーを止めようとしているらしい。三人に向かってゆっくりと空車が近づいてくるのを見て、オレは焦った。

「世羅！」

大声の呼びかけに、右隣りの仁科と話していた世羅が、ハッと振り返る。空車に向かって手を挙げていた布施《ふせ》も、首を捻《ひね》ってこっちを見た。同じく背後を顧みた仁科の白皙が、たちまち険を孕《はら》んでいくのが遠目にもわかる。

(待ってくれ！)

ダッシュをかけ、オレは三人まで駆け寄った。一メートルほど手前で急ブレーキをかけるのと、停車したタクシーの後部座席のドアが開いたのはほぼ同時。

「乗りますよ」

仁科の急《せ》いた促《うなが》しに逆らって、世羅がオレに向き直る。

その、不思議なものでも見るような面持《おもも》ちを、オレもまっすぐ見上げた。

(――世羅)

ハァハァと胸を喘《あえ》がせながら、かすれた声で告げる。

「……帰るな」

唐突なオレの命令に、世羅の形のいい眉がひそめられた。

「有《あり》…栖《す》？」

意味がわからないといった訝《いぶか》しげな表情を見つめ、コクッと喉を鳴らしてから、干上がった喉を開く。

「オ…レを」

するとと突然、心臓がドッドッドッと早鐘を打ち始め、顔もカーッと熱くなってきた。ここまでは勢いのままに突っ走ってきたけれど、いざ世羅を前にしたら急に……うわ、ヤバい。すっげードキドキしてきた。こんなの初プレゼン以来かもしれない。

「オ……オレを」

舌が強ばって、声が震える。膝も震えてきた。考えてみたら、生まれてこの方、自分から告白したことなんか一度もない……。

（――もし）

もし――気持ちを伝えた結果、拒絶されたら？　迷惑がられたら？

（鼻で笑われたら……？）

考えただけで泣きそうになる。くるっと踵《きびす》を返して逃げ出したい衝動を必死に堪《こら》えた。

もう、逃げないって決めたんだろ？

どんな結果が出ようとも、言わずに後悔だけはしたくない――。

ぐっと腹に力を入れ、顎《そ》を反らし、目の前の男を挑むように見据えた。

帰国を切り出された夜から、ずっとずっと言いたくて……でも言えなかった言葉。

「オ、オレを置いて……」

腹の底で燻《くすぶ》り続けていたセリフを、勇気を振り絞って口にする。

「オレを置いて、NY《ニューヨーク》になんか帰るなっ」

ついに震える声で告げた刹那《せつな》、体がすーっと軽くなった。

「……っ」

肩を揺らした世羅が、じわじわと瞠目《どうもく》する。

「うおーっ、アリスちゃん、愛の告白!?」

布施がヒューッと口笛を吹き、仁科がチッと舌を打った。苛立った様子で、世羅の片腕を掴んで引っ張る。

「乗りましょう。打ち合わせに遅れる」

しかし、世羅は動かなかった。微動だにせず、オレを食い入るように見つめている。

「おまえ、言ったじゃん！　前にオレにヘッドハンティングの声がかかった時に…っ」

オレもまた、世羅だけをまっすぐ見つめて訴えた。

「行くなって——俺にはおまえが必要だって！」

夢中で言葉を繋ぐ。いつの間にか、震えは止まっていた。

「いいから行きましょう！」

仁科が世羅の腕を揺さぶり、ウィンドウを下げたタクシーの運転手は、痺《しび》れを切らした声で
「お客さん、どうするんですか?」と催促してくる。

「今乗りますから！　世羅、早く！」

動かない世羅に、場の空気がピリピリと張り詰めていくのがわかった。オレの焦燥もじりじり

と募《つの》る。でも、ここで引くわけにはいかない。世羅の答えを聞くまでは、絶対に。

「おまえが行くなって言ったから、オレは残ったんだぞ！」

声を張り上げて訴えているうちに、だんだん感情が高ぶってきて眦《まなじり》が熱くなる。最後はわななく唇で、叫ぶように言い放った。

「おまえのためにっ！」

ぴくっと、ふたたび世羅の肩が揺れる。褐色の瞳がじわりと細まった。

「責任取れよ!!」

絶叫の直後、世羅が仁科の腕をバッと振り払い、こちらに向かって一歩を踏み出す。

「世羅っ！」

仁科が顔色を変えて叫ぶ。だけど世羅は振り返らず、大きなストライドで一気に距離を詰め、オレの肩をぐっと摑んだ。そのままぐいっと引き寄せる。

「……………っ」

気がつくとオレは、世羅の胸の中にいた。

硬い胸板に顔を押しつけられ、ぎゅうっときつく抱き締められて息を吞む。

「世……羅？」

天下の往来で……仁科たちもいるのに。そんな懸念が浮かんだのは、けれどほんの一瞬。背中がしなるほどの強い抱擁に、たちまち頭が真っ白に飛んだ。

（……世羅）

世羅が自分の叫びに応えてくれたことが、涙が出そうなくらいにうれしくて・……。

「――行くぞ」

やがて耳許に低い囁きが落ちたかと思うと、腕の力を緩めた世羅が、今度はオレの手を取って歩き出す。

「え？……あ……行くって……ど、どこへ？」

「いいから――来い」

有無を言わせぬ命令口調が返ってきて、さらに強い力で手首を引かれた。

「戻ってきてください！　打ち合わせはどうするんですか!?」

われに返ったらしい仁科が、ヒステリックに後ろで叫んでいる。が、世羅は歩調を緩めない。

グイグイ引っ張られながらも後ろが気になって、ちらっと振り返ったら、仁科がものすごい形《ぎょう》相《そう》でこっちを睨みつけているのが目に映った。仁王立ちしたその全身から、怒りのオーラがゆらゆらと立ち上っている。

（うわ。すっげー怒ってる……）

「この件は報告しますよ！　いいんですかっ!?」

仁科の横の布施はお手上げといった体《てい》で、肩をすくめている。

「もう庇いきれませんからね！　本当に報告しますからね…っ！」

遠ざかるにつれて仁科の怒声が徐々にフェードアウトし、やがてほとんど聞こえなくなった地点で、世羅が手を挙げてタクシーを止めた。

「先に乗れ」

促されるままに後部座席に乗り込んだオレは、続けて乗り込んできた世羅に質問をぶつける。

「打ち合わせ……いいのか？　ドタキャンしちゃっても」

「おまえこそ、大丈夫なのか？」

逆に切り返され、そういえばまだ就業中だと気がついた。

「井筒《いづつ》さんに連絡を入れて、午後から有休扱いにしてもらうから」

プレゼンも無事に終了したし、急ぎの仕事もないから、特に問題はないはずだ。

「オレはいいけど、おまえは、その……大事な本社の仕事なんだろ？」

「おまえのほうが大事だ」

なんでもないことのようにさらっと返され、うっと息を呑む。

（そ、それって……どういう？）

あうあうしていると、赤い顔を覗《のぞ》き込まれた。

「さっき、責任を取れと言っていたが」

そういえば、そんなことも口走ったような。さっきはとにかく無我夢中だったたから。

「俺は、どう責任を取ればいい？」

間近で熱っぽく見つめられ、艶《つや》めいた低音で囁かれて、また胸が騒ぎ始める。

改めて近くで見ると、やっぱすげーカッコいい……って、うっとりしてる場合じゃなくって、
きちんといろいろ話をしないと。

「まずは……ふたりだけになれるところで話がしたい」

オレの返答に世羅がふわりと笑う。

「わかった」

世羅が運転手に行き先を告げるのと同時にタクシーが走り始めた。


世羅のマンションまでの道中は、ほとんど会話らしい会話はなかった。オレが井筒さんに携帯で連絡を入れたあとは、お互いにシートにもたれ、黙って車の振動に揺られる。

だからといって気詰まりな感じではなく、どっちかっていうと居心地のいい沈黙だった。

でも本当のことを言えば、オレ自身はいっこうに興奮が冷めやらないままで、さらに、これから話すことをあれやこれやと思い巡らせては、密かにドキドキソワソワしていたけれど。

五分ちょっとで、南青山《みなみあおやま》の超高級マンションに到着した。

どことなく急いた足取りの世羅の背中を追って、天井の高いロビーを抜ける。特別フロアである十四階直通のエレベーターに乗り込んだ――直後だった。横に並んだ世羅がすっと右手を伸ばしてきて、左手を取られる。手のひらと手のひらを合わせ、指を搦《から》めてからぎゅっと握られた。

(………あ)

今まで、腕を引かれたり、むりやり手首を摑まれたりしたことはあっても、こんなふうにまともに手を繋がれたことはなかったんで、それだけで鼓動が跳ねる。合わさった世羅の手のひらから伝わるぬくもりに、胸がきゅんって苦しくなって……。

(うわ、どうしよー。動悸がひどくなってきた)

頬もどんどん熱くなってくる。赤い顔が恥ずかしくて、じわじわと俯いた。

お、落ち着け、オレ!

こっそりスーハー深呼吸しているうちに、ケージが十四階に着き、扉がするすると開いた。厚い絨毯の敷き詰められた廊下を、俯き加減に世羅に手を引かれて歩く。

カードキーを差し込んで、樫の木の扉を開いた世羅が、オレを先に玄関に通した。

「お、お邪魔します……」

ここには何度か来ているのに、緊張にぎくしゃくした動きで靴を脱ぐ。

室内に足を上げて、あっちがリビングだっけ……などとぼんやり廊下の先を眺めていたら、出し抜けに体がふわっと浮いた。

「……えっ?」

とっさに、わが身に起こった異変が理解できず、ぽかんと天井を見上げる。

な、な、なんで天井がこんな間近に!?

自分がいわゆる『お姫様だっこ』されていることに気がついたのは、オレを抱き上げた状態で、世羅が廊下を歩き出してから。

「ばっ……世羅何すっ…………ぎゃああ」

騒いだ反動でぐらっと上半身が傾ぎ、あわてて世羅の首にしがみつく。

「恥ずかしいから下ろせって！」

「俺たち以外、誰も見ていない」

「そ、そりゃそうだけどッ……シチュエーションが恥ずかしいんだよっ」

「何が恥ずかしいのか理解できんな」

これだからアメリカ人はっ！

「いいから降ろせーっ」

抗議の声も虚《むな》しく結局は寝室まで運ばれてしまい、きちんとベッドメイクされたキングサイズのベッドの上にそっと降ろされた。

「ったく、運ばれなくても自分で歩けるっつーの！」

文句を言い言い跳ね起きたら、ちょうどベッドの上に乗り上げてきた世羅と額を突き合わせるみたいな形になって、いきなりのアップにちょっと怯《ひる》む。

(うっ……)

だから、その顔は心臓に悪いんだって。

しかも、よーく考えてみたら、自分の気持ちに気がついてから初めての『ふたりきり』なわけで……なのにやっぱり寝室直行だし……いきなりベッドの上だし。

(なんか、落ち着かない)

「えっと……」

スプレッドの上に正座したオレは、初めて恋人の部屋に招かれた中学生よろしく、照れ隠しに周りを見回した。

「この部屋……ひさしぶり」

実はひさしぶりと言うほどでもないのだが、他に適当な言葉も見つからなくて、とりあえず会話の糸口を探ってみる。

「そうだな」

鷹揚《おうよう》にうなずきながら、世羅がオレの前髪を長い指で掻き上げた。至近距離から熱を帯びた褐色の瞳でじっと見つめられて、背中がむずむずし始める。オレの目線を捉《とら》えたまま、世羅の唇がゆっくりと近づいてきた。手を繋ぐこともそうだったけど、キスもいつも不意打ちか、強引に奪われていたから、こんなふうに「今からします」状態は初めてで。

(うー……じりじりする)

まつげが触れ合うくらいにお互いの顔が近づいて、吐息が唇にかかる。膝の上の手を握り締めるのと一緒に、思わず両目をぎゅっと瞑《つぶ》ってしまった。

「……っ」

ついに、あたたかい唇の感触が唇に触れる。

ソフトタッチの啄《ついば》むようなやさしいキスのあと、上唇と下唇を、交互に唇で愛撫された。

「ん……んっ」

(……甘い)

少しかさついた、それでいて熱っぽい唇の愛撫に蕩《とろ》かされ、全身の力が抜けてくったりとした肩に、ぐっと圧力を感じる。あっと思った時には、オレはベッドに押し倒されていた。下半身にのしかかってきた世羅の重みで正気に返り、あわてて声を出す。

「ちょ、ちょょっと待って！」

両手を突っぱね、硬い胸を押しとどめた。とたん、オレに覆い被さっている世羅の顔が曇る。

「……嫌、なのか？」

拗《す》ねたみたいな声音で問われ、「ちがっ」と首を振った。

「そうじゃなくって……その前に確認したいことがあるの！」

ちゃんとそうしないと、世羅が欲情してオレが流されるっていう、いつもと同じパターンになってしまう。それじゃ駄目なんだ。

「確認したいこと？」

かすかに眉をひそめた世羅の肩を押しつつ、オレは上半身を起こした。居住まいを正してふたたび世羅と向き合う。

「おまえ……おまえさ」

その目を見つめ、意を決して問いかけた。

「オレのこと、どう思ってる？」

改めて確かめながら、最悪な回答をも覚悟して、奥歯を噛み締める。

「も、もし……おまえにとって一時の火遊びなんだったら……オレは」

いくら好きでも、そんな状態で体を重ねるのはつらいから。

膝の上の両手をぎゅっと握り締めて答えを待っていると、訝しげな低音が落ちてくる。

「火遊び？　なんでそんな話が出てくるんだ？」

怪訝《けげん》そうな顔つきを、上目遣いに睨んだ。

「だっておまえ……帰国が決まったら急にオレを避けるようになったし。大体、一度だってどんなつもりで手ェ出してんのか、言ってくれたことなんかなかったじゃん」

オレの話に生真面目な表情で耳を傾けていた世羅が、つと目を逸らす。

「連絡をしなかったのは……自分の存在がおまえを苦しめていると気がついたからだ」

「おまえが……オレを苦しめている？」

「一ヶ月ほど前、会社で言い争ったことを覚えているか？」

視線を戻した世羅に問われ、すぐに「うん」とうなずいた。

忘れもしない。キレた世羅に会社でむりやりキスされて、オレが激高した夜だ。あの夜を境に、世羅が手のひらを返して疎遠になったんだから、忘れられるわけがない。

「あの時おまえは、俺の話を『聞きたくない』と拒絶して耳を塞いだだろう」

言われて、記憶を探った。

――聞いてくれ。

――俺は……おまえが。

――聞きたくないっ！

「ああ……そう言えば」

でもあの時は、ラウルの件でショックを受けていた上に、自分で自分の気持ちが掴めず、なおさら世羅が何を考えているかも謎で、混乱の極みだったから。

「オレも、あの言葉の続きはずっと気になっていて……。あとでちゃんと聞けばよかったって後悔したんだけど」

結局、続きを聞く機会もないままに、世羅の帰国が決まってしまったのだ。

「あの拒絶の言葉が、自分でも驚くほど堪《こた》えた。今までの人生で、あそこまで衝撃を受けたのは、生まれて初めてだったかもしれない」

挫折《ざせつ》とは無縁のキング・オブ・エリートが、うなだれ気味に苦い声を落とす。

「一方で、あそこまでおまえを追い詰めてしまった自分にも嫌気が差した。これ以上、おまえを苦しめないためにはどうすればいいのかと一晩考えて」

「ひょっとして……NYに帰るって決めたのも、それで？」

「いずれ本社に戻ることは決まっていたが、時期は未定だった」

暗にオレの疑問を肯定した世羅が、眉根を寄せて空を睨む。

「おまえが楽になるならば――と思って帰国を決めたが、本当は……手を伸ばせば届く距離にいるおまえに触れることができないのが苦痛で、逃げ出したかったのかもしれない。物理的な距離があれば、諦めもつくに違いないと」

自分の深層心理と向き合うような、少し遠い目線で、世羅がとつとつと告げた。

「距離を置くことを自らに課しておきながらも、仕事に身が入らない日々が続いて……」

「マジで？」

そんなふうには全然見えなかった。むしろオレのことはすっきり切り捨てて、仕事に没頭しているのだとばかり。

「こんなふうに、自分で自分をコントロールできない精神状態に陥ったのも人生初だった」

「なんだ……オレと同じじゃん」

予想のつかない相手の一挙一動に振り回され、思いどおりにならない自分に苛立ち、意地を張って反発して、子供みたいにわめき散らして。

もう二度とあいつのことなんか考えない、そう決めた側から頭に思い浮かべてしまっては、そんな自分にますますイライラする悪循環。くよくよ思い悩み、悶々《もんもん》と眠れぬ夜を過ごし、何気なく垣間《かいま》見せる相手のやさしさに戸惑い、余計に混乱して——。

切なくて。胸が苦しくて。

世羅も、オレと同じだったのか。

不慣れなのは自分だけで、こと恋愛に関して世羅は百戦錬磨《エキスパート》だと思い込んでいたけれど。

(同じ……なんだ)

そう思ったら、セレブオーラ&フェロモン満載の無敵のエリートが、なんだか急にかわいらしく思えてくる。背中がこそばゆいような、くすぐったいような気分を堪え、オレは言った。

「ラウルも言ってたけどさ、オレたちって小学生レベルだよな」

「ラウルが？」

「どうでもいい相手にはいくらでもスマートに振る舞えるのに、好きなコを前にすると素直になれなくて、いじめたり、わざときついことを言って泣かせたり……小学生並みだって」

「……たしかにそうだな」

同意して、世羅が笑う。ともすれば整いすぎてきつくも見える顔立ちが、刹那、劇的にやわらいだ。

その顔を見つめているうちに、体中のいろんなところから、愛おしい気持ちが溢れてくるのを感じる。今にも零《こぼ》れそうにひたひたに、いっぱいに満ちた、あたたかい感情に圧されるみたいにオレは唇を開いた。

「あの時の――『俺は……おまえが』の続き――聞かせて」

おずおずとねだると、世羅の顔がふっと引き締まり、怖いくらい真剣な表情になる。

「おまえを……」

「……おまえを？」

固唾《かたず》を呑んで続きを待った。

「――愛してる」

真摯《しんし》な低音が耳に届いた瞬間、甘い衝撃が背筋を駆け抜ける。

「オレも……」

歓喜に震える喉を必死に開き、言葉を紡いだ。

「オレもおまえが好きっ」

おぼつかない口調で自分の気持ちを伝えた直後、世羅の手が背中に回ってきて、軋《きし》むくらいにぎゅっと抱きすくめられた。


世羅と抱き合ったまま、ベッドのスプリングに背中を沈めたオレは、自分を真上から見下ろす『恋人』の、艶めいた美貌を見上げた。

(世羅……好き)

目で訴える。すると視界の中の切れ長の双眸《そうぼう》がふっと細まった。

「……有栖」

かすれた声で名前を呼ばれ、熱っぽい光を湛《たた》えた褐色の瞳が近づいてくる。肉感的な唇が唇にそっと触れた。啄むみたいな小さなキスを何度か落としたあとで、舌先が唇の隙間をつ…っとなぞってくる。

「………ん」

自ら迎え入れるように、うっすら唇を開くと、濡れた舌がするりと入り込んできた。すぐに舌と舌が絡まり合う。

「んっ……ん、っ……っ」

初めはやさしく探るようだった世羅の舌の動きが、だんだんと激しくなり、それに応えるオレの唇の端からも唾液が滴《したた》った。

角度を変えてはまた唇を合わせることを繰り返し――チュクチュクと音を立ててお互いの口蓋を貪《むさぼ》り合いながら、世羅がオレのネクタイに手をかけてきた。結び目を緩め、するっと引き抜く。オレも世羅のネクタイに手をかけた。

お互いに腕を交錯させてジャケットを脱がせ合い、シャツのボタンを外し合う。その間も、間断なく舌を絡ませ合い続ける。

脱がせた服はどんどんとベッドの下へ放り投げた。

上半身を覆うものをすべて取り去った段で、もう一度きつく抱き合う。

世羅の硬い胸に包まれ、素肌と素肌が触れ合う感触に、思わず熱い息が漏《も》れた。

「………ふ」

(気持ちいい……)

世羅の帰国を知らされてからの一ヶ月、本当はずっとずっとこうしたかったのだと、胸の奥深くに隠れていた自分の気持ちを、今改めて思い知らされる気分だった。

胸と胸とをぴったりと密着させてじっとしていると、やがて心臓がトクントクンと主張し始め、体全体もじわじわと熱を帯びてくる。

セックス自体は初めてじゃないけれど、でもお互いの気持ちが通じ合ってから、抱き合うのは初めてだから……。

「……なんかドキドキしてる」

吐息混じりのつぶやきに、低音の囁きが重なる。

「俺もだ」

たしかに、隙なく合わさった世羅の胸からも、少し早い鼓動が伝わってくるような気がした。

その力強い心臓の音を聞きながら、なんだかちょっと泣きたい気分になってくる。

「……有栖」

世羅がオレのうなじに顔を埋めるみたいにして、もう一度ぎゅっと抱き締めてきた。

ほどなく首筋に熱く湿った感触が触れる。やさしいキスで辿《たど》りつつ、鎖骨へと移動した唇が、肩口、二の腕と降りてきて、最後にちゅくっと胸を吸った。

「あっ……」

ざらりとした舌で小さな尖りをぺろっと舐め上げられて、びくんっと肩が震える。残ったほうの乳首は指で弄《いじ》られ——さして時間もかからずに、先端があっけなく芯を持ち始める。

「……勃《た》ってきたな」

あまりに他愛のない自分が情けなかったけれど、乳首で感じてしまうのはどうしようもなくて。

「あっ、ん」

ぷっくりと勃ち上がった乳頭を舌で転がされ、さらに押し潰されたり甘嚙みされたりしているうちに、胸で発火した熱が下半身へと伝わっていくのが自分でもわかった。下腹がじんじんと熱くなって、狭い布地の中に収まっているのが窮屈なくらいになってくる。

するとその状態を察したかのように、世羅が下へと身をずらした。

ベルトに手をかけて外し、ジッパーを下ろし、下着ごとスラックスをぐいっと引き下げる。脚から抜かれてすぐ、身を捩《よじ》る間もなく太股に手をかけられ、ぐいっと大きく開かされた。

「やっ」

一糸まとわぬ状態の下半身を晒《さら》され、とっさに小さな悲鳴が口をつく。欲望がすでに形を変え始めているのがわかっていたから、恥ずかしい自分を暴《あば》かれるのは居たたまれなかった。じっと視線を注がれて、込み上げる羞恥《しゅうち》にいよいよ顔が熱くなる。

「も……見る、な」

懇願は聞き入れられず、顔を股間に寄せた世羅が、先端にちゅっとキスをしてから、まるで味わうようにゆっくりと、オレのペニスを口に含んでいく。

「あっ……」

熱い口腔内に包まれ、息を呑んだ。

世羅の舌がねっとりと軸に絡みつき、舌先が括《くび》れをなぞる。裏筋をちゅくっと舐めねぶる。

「はっ、あっ……、ん」

半開きの唇から甘い吐息が零れた。

めちゃめちゃ気持ち……いい。

体がとろとろに蕩けて、どうにかなっちゃいそう……。

「んんっ」

先っぽの切れ込みから溢れた蜜を、舌で舐め取られる。ぱんぱんに張った袋を手で揉み込みながら、感じて堪らない敏感なポイントをきゅっと強く吸われて、びくんっと腰が跳ねた。

ただでさえ一ヶ月ぶりなのに、そんなことされたら……！

「で、出ちゃうっ」

あわてて世羅の髪を摑んで、ぐっと押しのける。だけど股間の頭はびくともせず、どころかいよいよきつく吸い上げてきた。

「だ、めっ……もうっ……あっ、あぁっ」

喉を大きく反らしたオレは、世羅の口の中でどくんっと爆《は》ぜてしまう。

「はぁ……はぁ」

涙で潤んだ両目をうっすら開けると、ちょうど世羅がオレの放ったものを嚥下《えんか》するところだった。

「ご……ごめ…っ」

申し訳ない気持ちと前後して、かねてよりの疑問符が湧き上がってくる。いつも世羅はそれを口にすることを躊躇《ためら》わないけれど。

「ま、まずくない、の？」

「おまえの体の中から出たものだからな」

真顔で首を振られ、胸の奥がきゅんって疼《うず》く。

「……世羅」

その真剣な表情を見ていたら徐々に体が熱くなってきて、衝動に駆り立てられるように身を起こす。ベッドの上で世羅と向き合ったオレは、思い切ってその欲求を口にした。

「オ、オレもしたい」

「有栖？」

意味が伝わらなかったのか、くっきりと男らしい眉がひそまる。

訝しげな眼差しに気まずく視線を落とし、無言で世羅の股間へ手を伸ばした。

「有……」

世羅がかすかに身じろぐ。

「下手だと思うけど……ちょっとだけ、我慢してて」

顔を上げて、消え入りそうな声で懇願すると、目の前の褐色の瞳がふっと細まった。

世羅と同じようにできる自信なんてこれっぽっちもない。自分にテクニックがないことは誰よりわかっている。こればっかりは経験値の差で、いかんともしがたい。

（それでも……気持ちだけは負けない……はず）

いつもは、一方的に世羅にされているだけだけど——今日は自分が気持ちよくさせたい。

できれば……自分で感じて欲しい。

その気持ちに押されるがままにファスナーを下げ、スラックスの前をくつろげて、下着の中から欲望を取り出す。その間、世羅は動向を見守るかのように、じっと動かなかった。

（……大きい）

自分の手の中の、ずっしりと大きなものをまじまじと見つめて、オレも固まる。いつも怒濤《どとう》の勢いに流されて体を重ねていたから、こんなふうにじっくりと観察するのは初めてだった。

こ、これを口の中に？

予想を超える過酷な現実を直視してフリーズするオレに、頭上からやさしい声がかかる。

「……無理するな」

「む、無理じゃない」

その言葉で逆に奮い立ったオレは、覚悟を決めてそろそろと顔を近づけた。

世羅にできて、自分にできないわけがない。

相手のカラダを隅々まで愛したい気持ちは同じはずだ。

先端に触れた瞬間、密着している体がぴくっと震えた。おそるおそる唇を開き、まずは頭の部分を口に含む。頭上の世羅が息を呑む気配が振動で伝わってきた。

「んっ……ぅ、んっ」

なんとか半分くらいまで頬張ったあと、「よし、いける」と残りを一気に呑み込もうとして、いきなり喉の奥でむせる。

「……うくっ」

「大丈夫か」

心配そうな声に、涙目でコクッと小さくうなずいた。世羅の手が伸びてきて、あやすみたいに頭を撫でられる。

「ゆっくり……あわてずに……少しずつ喉を開け」

世羅の指導のもと、がんばって喉を開いた。圧迫感が少し楽になる。

「よし……いい子だ。上手いぞ。――次は舌を使ってみろ」

ねぎらいの言葉に背中を押され、そっと軸に舌を這わせてみた。いつもされていることを思い出し、記憶を辿って自分が感じるポイントを舐めると、少しずつ、口の中の世羅が硬度を増し始める。

それがうれしくて、オレ自身の気持ちも高まっていく。

(ちょっとは……感じてくれている？)

子猫がミルクを飲むみたいにピチャピチャと音を立てながら、一心不乱に吸ったり舐めたりしているうちに、質量を増した世羅の先端からとろりと粘ついた液体が溢れてきて、青くさい味が舌先に触れた。

するとオレ自身も、じわっと濡れてしまって……。

――うわ。やばい。

世羅のを口にしただけで濡れちゃうなんて恥ずかしすぎるよ。

――どうしよう。

上目遣いにちらっと様子を窺うと、世羅は少し苦しそうに眉根を寄せている。欲情を帯びた貌がかなり色っぽくて、背中がぞくっと痺れた。自分が世羅にそんな表情をさせているんだと思ったら、歓喜が込み上げてくる。

(……感じてくれているんだ)

持て余すほどの喉いっぱいの欲望は苦しかったけれど、世羅が気持ちよくなってくれている証だと思えば耐えられる。

もっと……オレで気持ちよくなって欲しい。

なかば陶然とした心持ちで舌を使っていたら、オレの頭を撫でていた世羅の手に不意に力が入った。

「有栖……っ」

唸《うな》るような一声のあと、ぐいっと顔を押し退けられ、口腔からぬるっと昂《たかぶ》りを引き抜かれる。

「……あっ」

突然の喪失に声をあげた次の瞬間には、オレはふたたびベッドに押し倒されていた。乗り上げてきた世羅の重みでスプリングがぎしっと軋む。

両手をオレの顔の横につき、まっすぐ見下ろしてくる世羅の双眸は、今までの慈愛に満ちた眼差しとは一変して、獰猛《どうもう》な光を湛えていた。

「世…羅？」

熱っぽい視線に射すくめられたまま、先走りで濡れたペニスを握り込まれて、びくっと腰がおののく。

「俺のを銜《くわ》えただけで、こんなに濡らしたのか？」

艶めいた低音で詰《なじ》るみたいに問われ、こくっと喉が鳴った。

「だ、だって……」

「ここも……こんなにヒクヒクさせて」

昏《くら》い囁きの直後、奥の窄《すぼ》まりにつぷっと指がめり込んでくる。

「アッ……」

いきなり感じるポイントを指先で突かれ、背中が浮き上がった。

長くて節ばった指で中を搔き混ぜられると、腰の奥深くが熱く疼き、抽挿に合わせて内襞《うちひだ》が蠢《うごめ》くのがわかる。

「んっ……あ、んっ」

同時に扱《しご》かれるペニスの先端からも恥ずかしい蜜が滴り落ちて、世羅の手を濡らしている。前と後ろ、両方からもたらされる強い快感に、頭の芯が白く霞《かす》んだ。

「いっ……いい、気持ち……いい」

薄く開いた唇から、熱に浮かされたみたいな声が零れる。

「だ……め、いっちゃ…」

「このまま指でイクか?」

問いかけにハッと目を見開き、ふるふるとかぶりを振った。

それは嫌だ。ひとりでイクのは――。

「や…だ。一緒に……イキたい」

視線の先の世羅に、必死に訴えた。

「おまえので……イカせて」

くっと世羅が眉根を寄せる。太股の裏に手がかかり、付け根が軋むほど両足を開かされた——かと思うと硬く張った切っ先がぐぐっとめり込んでくる。

「あぁっ」

灼熱の楔《くさび》でこじ開けるようにして一気に貫かれ、高い悲鳴が口をつく。ブランクのせいなのか、前よりもっと大きくて熱い気がした。

「……ふ、……あ」

根本までぴっちりと剛直をはめ込まれたオレが、うっすら涙を浮かべ、胸を浅く喘がせていると、やはり息を吐《つ》いた世羅が上体を屈めてきた。

「大丈夫か?」

「う……ん」

まったく苦しくないと言ったら嘘になるけど、それよりも、世羅とひとつに繋がっていることが……うれしい。

もう二度と、抱き合えないかもしれないと思っていたから。

眦の涙を吸い、こめかみに小さなキスを落とした世羅が、耳許に囁いた。

「動くぞ」

オレの太股を抱え直し、膝が肩につくくらいに折り曲げて、腰を深く入れてくる。そうしてから、上から打ちつけるみたいに突き入れてきた。

「あっ……あっ、あっ」

硬い屹立《きつりつ》で容赦なく中をぐちゅぐちゅと掻き回されて、嬌声が跳ねる。奥を突かれるたびに、背中がびくびくと波打つ。

「……くっ…ぅんッ」

頭の芯がじんじんと痺れて、穿《うが》たれた最奥からじわじわと広がるねっとりと熱い官能に、瞳が潤んだ。

「やっ…ぁ」

胸の尖りを少し弄られただけで、官能の火花が散る。

体のあちこちが、怖いくらいに感じやすくなっている……。

インサートでこんなに感じたのは初めてかもしれない。今までは、どちらかというと前の快感のほうが大きかったけれど……。

今日は、体の奥が……めちゃめちゃ熱くて。

なんだか自分の体が変わってしまったような錯覚に囚われる。あまりの快感の深さに畏怖《いふ》すら覚えたオレは、すがるように世羅の背中に腕を回した。

「世…羅ぁ」

汗で濡れた首筋にしがみつき、すすり泣きながら訴える。

「好きっ……好き」

刹那、硬い背中がぴくっと震え、密着した腹筋がいっそう引き締まった。

「くそっ……」

短いうめき声のあとで、体内の世羅がさらに大きく膨らみ――。

「……くっ」

ぎゅっと強く抱き締められた直後、どくんっと世羅が爆ぜ、あたたかい放埒《ほうらつ》がじわりと体内にしみわたるのを感じた。

「は……あ……っ」

体の奥にたっぷりと熱を注ぎ込まれ、いっぱいに満たされる感覚に、びくびくと全身が痙攣《けいれん》する。世羅を銜《くわ》えている部分がきゅうっと引き締まって、中からくぷっと溢れ出た熱い体液が、とろりと太股を伝う。潤みきった中を、達してもなお硬度を失わない昂りで抉《えぐ》られて――。

あ……い……くッ。

「んっ……世…羅……い、く……いっ……あぁ――っ」

喉を大きく反らし、高い声を発してオレも達した。

「あ……あ……ぁ」

今までで一番長かった絶頂からじわじわと弛緩《しかん》して、くったりシーツに伏したオレに、世羅がくちづけてくる。ちゅっ、ちゅっと短いキスが落ちたあと、唇の隙間にかすれた声で吹き込まれた。

「……愛してる」

「ん……オレも好き……大好き」

睦言《むつごと》とキスを交互に交わしている間にも、お腹の中の世羅が力を取り戻していく。

「もっと……もっと……いくらでもおまえが欲しい」

耳朶《じだ》を甘嚙みしながら、ベルベットみたいな甘い低音で囁かれれば、オレもじわりと熱くなって……。

繫がったままの上体を引き起こされ、世羅の膝の上に乗っかる形で、蕩けた体の内側を下から突き上げられる。

「あ、んっ」

嬌声ごと唇を奪われたオレは、激しい揺さぶりに振り落とされないよう、世羅の背中を力を込めて抱き締めた。

8

「オレの母親はNY在住の日系二世で、その父親――つまり俺の祖父はアメリカに渡って一代で身を起こした企業家だった」

お互いの飢餓感が治まるまで抱き合ったあと、裸のオレを後ろからぎゅっと抱き込んだ世羅が、ぽつぽつと生い立ちを語り始めた。

世羅のバックボーンは今まで謎に包まれていたから、オレも何が飛び出すのかと微妙に緊張しつつも耳を傾ける。

「当時、コロンビア大学大学院の留学生だった父親が、母親の家庭教師に雇われたことがきっかけで、ふたりは愛し合うようになった。やがてふたりは結婚を考えるようにもなったが、この結婚は祖父の猛反対を受けた。なぜなら母親は一人娘だったので、祖父はいずれ婿養子を取り、娘婿に自分の会社を継がせるつもりだったからだ。ところが、エンジニア志望の父は根っからの研究者肌で、企業の経営者には誰が見ても不向きだった。――祖父に反対され、あまつさえ強引に引き離されかけ、思い詰めた両親は、ついに駆け落ちを決意した」

「駆け落ち!?」

小説さながらのドラマティックな展開に、オレは思わず声を出した。

「どうやらその時すでに、母の胎内には新しい命が宿っていたらしい」

「それが……おまえ？」

オレの確認に、背後の世羅がうなずく気配。

「着の身着のまま日本に逃げ帰り、東京の片隅で俺が生まれた。親子三人でひっそりと暮らし、しばらくは平穏無事な生活が続いたが、俺が十歳になった夏、祖父に居所が見つかってしまった」

「……そ、それで？」

「ある日突然、屈強なＳＰを大勢従えた祖父がアパートまで乗り込んできた。何がなんでも娘を取り戻すといった気合い充分で、いまだにあの時のジイさんの殺気立った形相《ぎょうそう》は忘れられない」

「それでお父さんとお母さんは？」

続きが猛烈に気になったオレは、世羅の腕をぺちぺち叩いて急かした。

「祖父はどうしても娘をＮＹに連れ帰ると言い張り、両親はあわや引き離されかけた」

オレの頭に顎を乗せて、世羅が言葉を継ぐ。

「当時、すでに俺はかなりこまっしゃくれたガキだったから、ジイさんに、『孫の自分が代わりにあんたのところへ行くから、ふたりは引き離さないでくれ』と申し出たんだ」

「自分から？　十歳なのに!?」

「まぁ、それには理由がある。うちの両親はわが親ながら、いつまで経ってもどっちもガキみたいに純真で……子供の俺が呆れるくらいに仲がよくてな。あのふたりをむりやり引き離したら、早晩どちらも弱って駄目になるのは目に見えていたから、まだ俺が行くのがマシだろう、と」

「…………」

それにしたって、十歳っていえば、まだ充分に子供じゃんか。

たぶん、世羅だって生まれ育った故郷を離れ、親や友人と別れるのはつらかったに違いない。

それでもこいつは、両親のために自分が犠牲になることを選んだんだ……。

「結局、俺ひとりをNYにはやれないということで、両親も一緒に来ることにはなったが、俺はふたりが住むアパートメントではなく、祖父の屋敷で暮らすことになった」

「あ……じゃあ、まったく会えなかったわけじゃないんだ」

それを聞いて、ちょっとほっとした。

「まったくということはないが、ほとんど会えなかったな。里心がつくとでも思ったのか、祖父が両親に会わせるのを嫌ったから、一年に一回か、二回か。それでも、同じ国にいるというだけで、両親としては安心だったらしい」

「そりゃそうだよ。いざという時に会いに行ける距離にいるといないじゃ大違いじゃん」

「祖父のもとでは、『帝王学』とやらをみっちり叩き込まれた。コロンビア大学の助教授クラスを家庭教師につけられて、毎日十時間の勉強。空いた時間には語学、乗馬、ソシアルダンス、ヴァイオリンその他もろもろのレッスン。特にマナー全般については厳しく教え込まれて、週に一度はパーティに連れていかれ、大人たちと対等に渡り合えるように実地訓練もさせられた」

「乗馬に社交ダンスかよ。……すげー」

オレの習字や水泳とは同じ習い事でもスケールが違う。やっぱこいつって、オレら庶民とは、育ちからして違ったんだ。

「そんな生活を何年も過ごすうちに、いつしか俺は、表向きはジイさんの望むとおりの優等生を演じ、陰で息苦しい日常の憂さを晴らすようになっていた。おまえにはよく二重人格と言われたが、たしかに、ふたつの人格を使い分けることによって、精神のバランスを取っていたところはあったかもしれない」

世羅の生い立ちを聞きながら、実はさっきから、オレの頭には『もしや……いや、まさか』という疑惑がピコピコ点滅していたりするんだけど。

「あ、あのさ……」

まさかな。で、でも、もしかしたら万が一ということも。

とりあえず、念のために一応確認だけはしておこうと、おそるおそる口にする。

「なぁ……ひょっとして、おまえのお祖父さんって……その、SK《エスケイ》の……」

「そうだ。創始者だ」

こともなげにあっさり肯定されて息を呑んだ。

SKグループの代表!?

「や、やっぱり！」

そうだったのか!!

大きな声を出したオレは、くるっと身を返して世羅と向き合った。

艶めいた黒髪。ノーブルでいて知的な面立ち。くっきりと端正な眉の下の、眦が深く切れ込んだ褐色の双眸。官能的な厚みを持った唇。

世界を股にかけるＳＫグループオーナーの直系。そして、未来のグループ総帥。

本物のプリンスだった男の、野性的でありながら、裏腹の優美さをも併せ持つ美貌をまじまじと見つめ、腹の底から深い息を吐く。

「……そっかぁ」

タダ者じゃないとは思っていたけれど。

（セレブオーラ満載なのも当然。まさしく、城下お忍び中の若様だったわけだ）

いくらＭＢＡ取得の超エリートとはいえ、一介のリーマンには過ぎたこのマンションもベントレーも。

【東洋ケミカル】のプレゼンで、ライバル『大日本』の企画書を手に入れられた理由も。

【リストランテ　ＫＡＤＯＭＡ】のオーナーシェフ門真《かどま》佑一郎《ゆういちろう》氏に対して強気だったわけも。

【ＹＡＭＡＴＯ】の本選の枠を、電話一本でもぎ取ることができたのも。

これですべてが納得っていうか——合点《がてん》がいく。

「前に……仁科に『あなたと世羅では住んでいる世界が違う』って言われた意味が……やっとわかった」

ため息混じりのつぶやきに、世羅が片眉をそびやかした。

「仁科がそんなことを言ったのか？」

「いや、でもまぁたしかに……身分違いではあるし」

もごもごと返すと、視界の中の顔がむっと眉間《みけん》にしわを寄せた。オレをぐいっと引き寄せ、裸の胸に抱き込んで低く囁く。

「……おまえのことは誰にも手出しはさせない。何も言わせない。たとえ祖父にも」

真摯な声音が耳に届くのと引き替えに、胸の中に発生しかけていたモヤモヤがすーっと引いていく。

現実には、そう簡単じゃないってことは頭でわかっていたけれど。

それでも、その気持ちがうれしい。

「以前、バージンをもらった責任を取ると言ったのは本気だ」

「へ？」

「ちゃんと責任を取って、おまえを嫁にもらう」

「嫁って、オレ、男だけど」

「そんなことはわかっている。喩《たと》えだ。一生側にいるという意味の」

「……世羅」

少し顔を上げて、目の前の真剣な顔を見つめる。ゆっくりと近づいてきた唇が、触れ合う間際に囁いた。

「愛してる」

「……うん。オレも」

キスの合間に「愛してる」「オレも好き」と際限なく囁き合って——そのままオレを胸に抱き

込んだ世羅が、髪を撫でつつ、ふたたび語り始める。

「仁科と布施は幼くして両親を亡くし、天涯孤独だったのを、ジイさんに拾われたんだ。年齢の近い俺たちは、兄弟同然に育った。おそらくジイさんには、ふたりを孫の遊び相手、ゆくゆくは世話役兼お目付け役にという思惑があったんだろう。——実際、仁科にとってボスであるジイさんの命令は絶対だし、育てられた恩義もあってか盲目的に崇拝しているところがある。布施はそこまでじゃないが」

硬くて熱い胸に顔を埋めたオレは、以前、仁科にぶつけられた言葉を思い出す。

——あなたのせいで世羅は変わった。それも非常に思わしくない方向に。

仁科にとって何より怖いのは、世羅が自分の手許から離れてしまうことだったのかもしれない。世羅を監視して守り続けることが、あいつの使命であり人生そのものだったから。

「だが、本来なら、あいつにはあいつの人生があるはずだ。いつまでも俺のお目付役でいいわけがない」

「…………」

「どんな人間にも、ひとりひとりの生活があり、それぞれの人生に重みがある。そんなふうに思えるようになったのも、東京に来て、おまえに会ってからだ」

「オレ？」

「おまえに会うまでの俺は、どこか自分の宿命に達観して、その宿命に抗うことを、なかば諦めているところがあった。どう足掻《あが》いたところで、自分の将来は決まっている。いずれ祖父が築き上げたSKグループを継ぎ、最悪でも現状維持しなければならない」

そう遠くない未来、自分の双肩に何千人という社員の生活がのしかかってくる。その重圧がいかほどのものなのか、一般人のオレには想像もつかないけれど。

「そういった意味でも、俺にとって仕事は義務だった。生まれついて背負わされた責務。好きだとか嫌いだとか、そんな観点で考えてみたこともなかった」

いつだったか、大和《やまと》の工場をふたりで訪れた時に、夜のホテルで世羅が『俺にとって仕事は義務だ。好き嫌いの対象じゃない』と言い切ったことを思い出した。

あの時は、世羅が背負っているものを知らなかったから、さすがはドライなアメリカ人だと思ったんだっけ。

「傘下の社員に関しても、グループを維持するための兵隊、必要とあらば切り捨てるコマとしか考えたことはなかった。ビジネスに温情は無用だ。そんなものを持ったが最後、足許をすくわれる。——そう叩き込まれてきたからな」

「…………」

「それが、おまえと出会って、長年の信念が揺らぐのを感じた。正直、おまえがうらやましかった。今の仕事が好きで、好きだからこそ悩み、苦しみ、足掻く。どんなことにも手を抜かず、いつも全力投球なおまえが、俺には眩しかった。反して自分の汚さ、ずるさに嫌気が差して……」

「世羅……違う」

「有栖？」

「おまえはずるくなんかないよ」

オレの反論に、世羅が昏い瞳で首を振る。

「いや、俺は……」

「ラウルに、おまえがビクトリアの来日をお膳立てした話を聞いた」

「…………」

「彼女に毎日根気強く電話をして『大丈夫だから』って勇気づけ続けたって。それってもちろん、ビクトリアとラウルのためっていうのが一番だっただろうけど、これから先【ビクトリア・J】の仕事をしていくオレたちのためっていうのもあったんだろ？」

「…………」

「自分が帰国したあとのオレたちのことを考えたら、ラウルだけでなくビクトリアの信頼をも勝ち得ておきたい。それには、実際にプレゼンに参加してもらって、彼女自身の目でオレたちの実力を見極めてもらうのが一番の早道だ。――そう思って、ビクトリアの来日のために力を尽くしてくれた。……違うか？」

世羅は何も言わない。肯定も否定もしなかった。

今までだって何度もオレをフォローしてくれたけれど、一度だってそれを恩に着せたり、他人にアピールすることはなかった。人知れず陰で努力していても、それを表面には出さず、あくまでクールに、スマートに。

きっと、それが世羅なりの美学なんだろう。

「おまえはちゃんと、仲間や友人のことを考えている。それはみんなにも伝わっている」

オレの断言に、世羅がふっと小さく笑った。だがすぐに表情を引き締め、真面目な顔で言葉を紡ぐ。

「半年間という短い間だったが、チームの仲間や会社の同僚たち、プレゼンを通して知り合ったクライアントに教わったことは多かった。人間は使い捨てのコマじゃないという当たり前のことに、いまさら気づかされる気分で……」

神妙な面持ちで世羅の話に聞き入っていたオレは、最後まで待ちきれずに途中でガバッと身を起こした。

「じゃ、じゃあ、リストラ案は!?」

勢い込んで尋《たず》ねると、世羅が深くうなずく。

「向こうへ戻ってから、俺自身の言葉で報告をして、リストラ案を見直すように祖父を説得するつもりだった」

「やったぁ!!」

バンザイの形に両手を突き上げてから、オレは大好きな恋人にぎゅっと抱きついた。

「ありがとう、世羅っ」

運命の神様もありがとう!

「世羅大好き!」

すぐに世羅も抱き返してきて、抱き合ったままゆっくりと体を倒される。シーツに仰向けに押し倒されたオレは、自分に覆い被さる美貌の男をぱちくりと見上げた。

「え……えっと……」

(ま、また……するの?)

つか、もうすでに三回してるんですけど……。

微妙に顔を引きつらせていたら、世羅がぽつりとつぶやく。

「立て続けに『運動』したせいか、小腹が空いたな」

「あ、じゃあ起きて、何か食べる?」

内心ほっとして尋ねると、世羅が「いいや」と首を振り、にやりと艶っぽく唇を歪《ゆが》める。上体を屈めて、ぺろっとオレの鼻の頭を舐めながら囁いた。

「……おまえを食う」

9

そして翌朝。

「……う…ん」

うっすら目を開けたら、視界の全面が顔のアップだった。添い寝をするみたいに横にぴったりと密着した絶世の美男（全裸）が、オレをじっと見つめて……いる？

「え？……あれ？」

――なんで、世羅が？

頭の半分がまだぼんやり霞んでいて、とっさに自分がどこにいるのかも把握できず、パチパチと両目を瞬かせていると、こんなアップでもまるで隙のない端正な貌《かお》が近づいてきて、ちゅっと唇を吸われる。

「おはよう」

少しかすれた甘い低音が囁いた。

「お…はよう」

反射的にあいさつを返しながら、徐々に霧が晴れるようにゆっくりと昨日の記憶が蘇ってくる。

（そうだった。オレ……昨日）

ようやく自分の気持ちに気がついて、世羅とお互いの気持ちを告げ合い、晴れて恋人同士になったんだっけ。

恋人同士――か。なんだかちょっとこそばゆい。

世羅と両想いなんて、なんか夢みたいだけど……本当なんだ。

（本当に世羅と……）

口の中にじんわり広がる甘い気分を舌先で転がしつつ、生まれて初めて身も心も結ばれた――『恋人』の貌をうっとり見上げていたら、今度は額にキスされた。あとほっぺにも。

「よく寝ていたな」

「うん……一昨日は全然眠れなかったから」

それに、いっぱい『運動』もしたし。

「おまえは？」

「おまえの寝顔をずっと見ていた」

「え？」

「寝る時間が勿体《もったい》なくてな」

低音美声で朝っぱらから殺し文句を囁かれ、顔が赤くなる。

そっか。でも考えてみたら、一緒に過ごせる時間は、もうそんなにないんだ……。

胸がしくっと痛み、込み上げてきた切ない気分のままに、世羅の肩口にすりすりと頭を擦りつけた。

「どうした？」

「……なんでもない」

だからって、「帰らないで」とは言えない。昨日はとっさに『オレを置いて、NYになんか帰るなっ』とか叫んじゃったけど。世羅のバックボーンと背負っているものの大きさを知ってしまった今となっては――。

(わがままなんか言えねーよ)

プリンスを好きになっちゃったんだから、遠距離恋愛も致し方ない。

だけど、せめて今は。

「……ね。……キスして?」

オレのおねだりにふっと目を細めた世羅が、顔を近づけてきた。髪を撫でながら唇に甘ーいキスをしたあとで、くしゃっとオレの前髪を掻き上げる。

「体の具合はどうだ?」

「あ……うん」

昨日はあれから、食事とシャワーを使う以外はずっとベッドの中にいて、回数もわからないくらい抱き合ったけど、世羅が傷つけないようかなり気を遣ってくれたし、全部が全部インサートまでしたわけじゃないから。

「たぶん大丈夫……」

「そうか。――どれ」

言うなり、世羅がオレの体をひょいっと裏返した。

(……へ?)

枕に顔を突っ伏した体勢で呆然としている間に、俯せの腰を高く掲げさせられる。

「って……うわっ、何すんだよっ!!」

われに返って抗った時にはすでに遅く、両足首の上に世羅の脚が乗っかってしまっていて身動きが出来なかった。

「何って、一応傷ついていないか確認しておかないとな」

不本意ながらも世羅に向かって突き出した格好の尻に手がかかり、双丘を指で割られる気配。

(ひーっ!)

「見なくていいからっ」

絶叫も虚しく、いつもは隠れているソコに空気が触れて、オレはびくっとおののいた。

「や、やめっ」

こんな明るい日差しの中で、普段は人目に触れることのない場所を暴かれていると思ったら、恥ずかしさのあまりに泣きそうになる。

「とりたてて外傷は見当たらないが……中が少し腫《は》れて赤くなっているな」

「もういいからっ。実況中継すんなっ!」

半泣きで懇願した直後だった。剝き出しのソコにしっとりと濡れた熱いものを擦りつけられて、ひくんっと背中がたわむ。

「な……何?」

裏返った声を発したら、右腕を掴まれ、後ろに持っていかれた。むりやり、ものすごく熱くて猛々しいものを握らされる。

——か、完勃ち？

（嘘……だろ？）

昨日あんなにやったのに……信じられない！　マジでケダモノ!?

「何朝っぱらからサカッてんだよっ」

その慎みのなさを詰《なじ》ると、速攻返された。

「おまえの寝顔がかわいいのが悪い」

って、オレのせいかよ!?

「欲しい……有栖」

後ろから覆い被さってきた世羅に、艶めいた低音で請われ、ぞくっと背中が粟立つ。

「む、無理だって……会社あるんだから。遅刻するって！」

必死に首を振ったのに、尻の狭間にぬるっぬるっと濡れた剛直を擦りつけられているうちに、だんだん体が熱くなってくる。アソコもジンジン痺れて、奥のほうがじくじくと疼いてきて——。

ふるふると勃ち上がってきたペニスを世羅が握り込む。ゆるゆると扱かれて、覚えず腰が揺れてしまった。

「んっ、あっ……やっ」

「本当に嫌なのか？　もう濡れているぞ？」

耳朶を甘噛みされながらセクシャルな低音で囁かれ、浅ましい状態を知らしめるみたいに、透明な蜜を漏らし始めた先端を指の腹で弄られる。くちゅくちゅと粘ついた水音が聞こえてきて、あれだけ抱き合ったのに、もう欲しがっている自分の浅ましさにめまいがした。

(くそっ)

シーツを握り締めていると、腰骨を摑んだ世羅が先端だけを浅く潜り込ませてくる。

「……あっ」

昨日数え切れないほど何度も世羅を受け入れた場所が、圧力に小さく口を開けたのが自分でもわかった。そこで散々に乱れた昨夜の記憶を呼び起こそうとするかのように、世羅が浅い部分で出し入れをする。

「んっ、んっ、……んっ」

入って来そうで来ないもどかしさにオレは身悶《みもだ》えた。

こんな……中途半端な状態ッ。

「やっ……もっと……ちゃんとっ」

思わず鼻にかかったはしたない声が出てしまい、すかさず切り返される。

「ちゃんと?」

ああっ、もう、ちくしょうっ。

「奥まで入れて……ッ」

懇願に応えるように、ズッ……と、灼熱の楔が最奥まで打ち込まれた。

「あぁっ」

のけ反った首筋に歯を立てられ、後ろからガクガクと揺さぶられる。動物みたいな体位で、本当に獣みたいにガツガツと貪られて。

こんなに激しくされたら……どうにかなっちゃう！　あ、だめ……もう、いっちゃ……！

「あっ、あん、あぁあっ――」


ポンッ！

一階に到着したエレベーターのドアがスルスルと開く。スーツの同僚たちに混じって、オレは口を開けた箱の中へと足を踏み入れた。

一番奥まで行って反転。定位置である壁際に落ち着いたオレは、隣りに並ぶ長身の男前に小声で文句を言った。

「……ったく、ギリギリじゃん」

「遅刻しなかったんだからいいだろう」

しれっと返され、その整った横顔を横目で睨みつける。

（くそぅ。あの起き抜けの一発がなかったら余裕だったのに！）

朝っぱらから欲情にまみれたことなんか微塵も窺わせない、いっそ清々しいほどにさわやかなその美貌が腹立たしい。

こっちは腰がだるくて微妙に及び腰だし、声を出しすぎたせいで喉は痛いし……。

(始業時間まであと三分か)

ギリだとは思うけど……。

なんとしても五年に及ぶ無遅刻無欠勤の記録をキープしたいオレが、腕時計に視線を落としてハラハラしている間に、各階でひとり、ふたりと同僚たちが降りていく。

ついには世羅とオレのふたりだけになって、ほどなく、十二階で箱が停まった。

ポンッ!

「よっしゃ。あと一分!」

ドアが開くやいなや、ホールに向かって突進するオレの二の腕を世羅がパシッと摑む。

「なんだよ? 話ならあと……でッ」

振り向き様に腕を払おうとして、逆にぐっと強く引かれた。よろめいた体を、鉄の壁に押しつけられる。

「何す……んっ」

左手で『閉』ボタンを押す男に文句を言いかけて、途中で唇を奪われた。

「んっ……ん、んッ」

バシバシと背中を叩いて抗ったけれど、世羅はびくともしない。

(いきなり何すんだバカッ)

つか、ここ会社!!

「んぅ――っ」

三十秒近く、舌まで入れられてたっぷり口腔内を蹂躙《じゅうりん》され、ようやっと拘束が緩むと同時に、どんっと目の前のフトドキ者を突き飛ばす。

「おまっ……ここをどこだとッ!?」

手の甲でぐいっと唇を拭いつつ怒鳴ると、不敵な笑みで返された。

「夕方までの分、チャージしておかないとな」

「って、家を出る間際にも玄関でさんざっぱらイチャイチャして、マンションのエレベーターでも十四階から一階まで長々ディープキスして、さらにタクシーの中でも運転手の目ェ盗んでチューしただろーがっ」

『ほどほど』とか『加減』とか『塩梅《あんばい》』とか、社会人生活を円滑に過ごすに欠かせない言葉を知らない男に怒りを爆発させてから、ハッと腕時計に視線を落とす。無情にも、時計の針は九時三十一分を指していた。

「ぎょえーっ」

しまったヤバイ怒ってる場合じゃなかった！　始業時間過ぎてるぅうう！

泡を食ってエレベーターを飛び出し、廊下を目指して猛ダッシュをかけた矢先、腰にピキッと走った鈍痛に「うっ」と前屈みにうずくまる。

「有栖！」

後ろから追ってきた世羅が、心配そうに肩越しに覗き込んできた。

「大丈夫か？」

その顔をキッと睨み上げる。

「大丈夫じゃねぇよ！　おまえのせいで遅刻しただろっ！」

オレの罵声《ばせい》に、世羅がつと眉をひそめた。

「もしつらいようなら、このままマンションへ引き返してもいいぞ。俺も休みを取ってつきあうから」

「そうじゃなくって、オレが言いたいのはおまえのせいで皆勤賞がだな…っ」

「一日中添い寝して看病してやる。ちゃんと風呂にも入れて洗ってやるから安心しろ」

「……人の話、全然聞いてねぇし……」

ちぐはぐな会話に体の力が抜けて、がくっと首が前に折れる。

かーさん、『運命の人』（……たぶん）と言葉が通じません。アメリカ人だからとか、そういったカルチャーギャップ以前の問題のような気がします……。

（………オレ、ひょっとして早まった？）

床に膝と手を着き、首を落として己の選択に疑念を抱いていると、廊下の向こうからバタバタと足音が聞こえてきた。

「有栖！」

呼ばれて顔を上げたオレの視線の先に、血相を変えてホールへ走り込んでくる椿《つばき》の姿が。

「ああ、世羅くんも一緒でよかった！」

「中島さん、どうしました？」

「顔色変えてどうした？」

「大変なの！　今、発表があって！」

オレと世羅の問いに、椿が興奮を帯びた大声で答えた。

「発表？」

「年内に全社を挙げて大幅なリストラを敢行するって！」

「ええっ」

椿に負けじと大声を張り上げ、世羅をバッと顧みると、寝耳に水と言った様子で眉根を寄せている。

「どういうことだ……？」

「リストラ敢行って……」

せっかく世羅がNYに戻ってお祖父さんを説得するって言ってくれていたのに！

「世羅！　これってど…」

「私から総帥にご報告させていただきました」

「……っ」

世羅に詰め寄りかけていたオレは、その声に体を翻した。いつの間にか背後に立っていた男を瞠目して見る。

「――仁科？」

「結果的に予定より少し早まりましたが、遅かれ早かれ、いずれは発表されたことですから」

「おまえ……」

世羅が鋭い眼光で『お目付役』を射抜いた。

それに対して仁科は、銀縁眼鏡のブリッジを中指でくいっと押し上げ、挑戦的な眼差しで世羅を睨み返す。

「あなたが悪いんですよ。こんな山猿にそそのかされて、総帥の意志に背くから」

『こんな山猿』のくだりでビシッと指を指され、オレはカッとなった。

「誰が山猿だっ」

ムキーッと歯を剝いて抗議の声をあげるオレの横を、すっと世羅が擦り抜けていく。

「……て、世羅？　おい、どこへ行くんだよっ」

仁科の脇も通り抜け、大きなストライドで廊下を先行く世羅を、オレはあわてて追った。この際、腰を庇《かば》う余裕もない。

「世羅！」

しかし呼びかけにも歩調が緩まることはなく、やがて辿り着いた先は――。

(社長室!?)

足を止めるなり、世羅はノックもせずにいきなりバンッとドアを押し開けた。

一面の窓をバックにした金髪碧眼のＣＯＯ《チーフ・クリエイティブ・オフィサー》が、びくっと肩を揺らして、エグゼクテイブチェアから腰を浮かせる。つかつかと巨大なデスクの前まで歩み寄った世羅が、自分より十歳は年長の男を「退《ど》け！」と低く恫喝《どうかつ》した。「ｏｈ！」と両手を挙げながら立ち上がった彼が、あたふたと部屋を出ていく。入れ替わるように椿が飛び込んできた。後ろには井筒さん、仁科、布施と続く。

チームのみんなが注目する中、世羅が机上の電話の受話器を摑んだ。耳に当ててすぐに回線が繋がったらしく、話し始める。

「――私です。藤臣《ふじおみ》です」

日本語だった。

「お願いします。リストラ案を撤回してください」

そのセリフを耳にして、どうやらこの電話がＮＹのトップに直接繋がる直通電話であることに気がつく。

（ＮＹに繋がっているんだ）

世羅が今リアルタイムで、お祖父さんと話をしているんだと思ったら、胸がドキドキしてきた。

「それはわかっています。しかし、この場合、目に見える数字だけで判断すべきではないと私は思います」

厳しい顔つきのまま、世羅が真剣な声音で言葉を継ぐ。

「数字には直接表れなくてもクオリティの高い仕事をしてるスタッフはいますし、同じクライアントと何年にも渡って仕事をして、地道に信頼と実績を積み上げているチームもあります。それらを評価しないで利益率だけで貢献度を計るのは間違っています」

がんばってくれ世羅！　おまえの説得に全スタッフの未来がかかっているんだ。

祈るような気持ちで、オレはそのやりとりを見守った。

「そういったスタッフを切ってしまうのは、長い目で見た場合、結果的に会社の損失に繋がると
……」

険しい横顔から、話し合いが難航していることが察せられる。

「……ですから、その件に関しては戻ってから直接お話しするつもりでした。個人的な叱責《しっせき》ならば甘んじて受けます。……いえ、そうではありません。グループの総意に逆らうとか、そういったつもりでは……」

交渉ははかばかしくないらしい。

やっぱり、いまさら撤回は無理なのか。いくら世羅でも、ＳＫグループの総帥である祖父の意を覆すことは難しいのか。

唇を噛んで、ぎゅっと両手の拳を握り締める。

黒いシミのような絶望が、胸にじんわりと広がりかけた時だった。

「わかりました」

それまでの感情を抑えた低音から一転、挑むような声音に、オレは世羅の顔を振り仰いだ。強い眼差しで宙を見据えた世羅が、すっと短く息を吸ってから、ゆっくりと口を開く。

「人員整理をしなくても、私が五年でＤ＆Ｓを業界トップにしてみせます」

やがて放たれた揺るぎない宣言に、オレは息を呑んだ。背後に立つみんなも同様に息を呑む気配が伝わってくる。

「ですからリストラ案は撤回してください」

「せ、世羅っ」

思わず上擦った声が飛び出て、握った手のひらにじわっと冷や汗が滲む。

おまえ、そんなこと言い切っちゃって、大丈夫なのか？

「ここのスタッフたちと一緒ならば、頂点を目指せる。——私はそう信じています」

決然と言い切る毅然《きぜん》とした横顔から、世羅の決意と本気がひしひしと伝わってきて——オレの胸にも熱いものがじわじわと広がった。

（世羅……おまえ）

「わかりました。……ええ、それは承知しています。近日中にそちらへは戻りますから」

最後はそう静かに告げて、世羅が受話器を置いた。

「……あんなこと言っちゃって、よかったのか？」

オレの問いかけに振り向いた顔は、思いがけず、何かを吹っ切ったかのようにさっぱりとしていた。

「言ってしまったからにはやるしかない」

自らにも言い聞かせるような世羅のセリフに、こくっと喉を鳴らす。

「……そうだな」

五年で、『大日本』を押しのけて業界トップに。

業界にかかわる人間ならまず例外なく一笑に付しそうな、無謀とも言えるチャレンジ。

リストラ撤回と引き替えに背負ったノルマは大きい。

(だけど……やる前から白旗は揚げたくない)

「それに、先程電話で言ったことは本当だ」

世羅が、オレの後ろの『仲間たち』に話しかける。

「俺は、みんなと一緒ならば、トップを目指せると思っている」

「世羅くん！」

「世羅」

おそらくは、今のやりとりで世羅の正体を知ったであろう椿と井筒さんが、それでもその言葉に深くうなずいた。

「…………」

ひとり目を逸らして俯いた仁科の肩を、傍らの布施がぽんと叩く。

それぞれの顔に視線を投げかけてから、最後、世羅はオレを見つめて言った。

「とりあえず言うべきことは言ったが、敵も完全に納得したわけじゃない。もう一度膝を詰めて祖父を説得するために、いったん向こうへ戻る」

「……うん」

それは覚悟の上だ。

それに——『いったん』ってことは、近々また東京にも来るってことだよな。行ったり来たりにはなるだろうけど、まったく会えないってわけじゃない。

そんなことをつらつら考えていると、世羅の手が伸びてきて、すっと顎を持ち上げられる。みんなが見ているけど、もう、そんなことはどうでもいいような気がして、オレも逆らわなかった。

「しばらく離れる生活が続くが……待てるか?」

じっとオレの目を見つめながらの問いに、唇の端をニッと持ち上げる。

「誰に訊いてんだよ」

言って、相棒の胸に軽くパンチをくれてやった。

「けど、ただ待ってるだけなんてヤだからな。おまえと一緒に——オレはオレでこっちで闘う」

「有栖」

世羅がオレの頭に手を置き、やさしく揺する。そうして晴れやかに笑った。

10

「有栖さん、おはようございます」

「おはよう」

「おはようっす、有栖さん」

「うっす。はよー」

十二階のオフィスに足を踏み入れたところで、数人から声がかかる。それぞれに挨拶を返した
オレは、後輩のひとりを呼び止めた。

「ちょお待て――古賀《こが》」

「はい。なんスか？」

「おまえさー、企画書のメール見たけど、あれじゃ叩き台にもなんねーぞ」

「……は、はい」

「いろんな意味で粗すぎる。今のままじゃクライアントを説得できるレベルに達していない」

「……うっ」

「細部をきっちり詰めて初めて、骨幹のコンセプトやアイディアが生きてくるって何度も教えた
だろ？」

「……はい。すみません」

はぁ〜とうなだれ気味に肩を落とす後輩の背中をポンッと平手で叩く。

「そうしょげんな。大元のコンセプト自体は悪くねぇんだから」

「ほんとっスか？」

「じゃねーとオレが初っ端《しょばな》にGO出すわけねぇだろ。井筒さんに提出する前に、もう一度きっちり細部まで詰めて、まずはオレを納得させろ。いいな」

「はいっ！」

「……返事だけはいつもいいんだよなー」

ぺこっと頭を下げて自分のブースへ戻っていく後輩を見送ってひとりごち、オレも自分のブースへ向かう。

世羅がNYに戻って半年が過ぎ、オフィスのレイアウトも様変わりした。

オレの右側が椿っていうのは変わらないが、以前世羅が使っていた左側は、入社三年目のプランナーのブースになっている。

SKトリオの帰国後、『特攻プレゼンプロジェクト』チームの新メンバーが社内から招集された。メンバーが増強されたことによって十一階にも部屋《ルーム》ができ、いまや2フロアを合わせて総勢二十人の大所帯だ（いつの間にやら社内でも憧れの花形部署になっていたらしく、配属希望者が引きも切らないという噂――）。

オレ自身、後輩っつーか部下もでき、一応プランナーをまとめるチーフみたいな役割になっている。この半年で新しいスタッフとも、徐々にだがコンビネーションがしっくりくるようになってきて、新たにクライアント五社と新規の契約を取り交わした。

もちろん、世羅とのコンビみたいに『あ・うん』の域まで達するには程遠いっていうか、おそらくこの先も到達することはないと思うけど。

自分のブースに入ってコートを脱ぎ、デスクの上にブリーフケースを置いて椅子を引いた。スプリングの効いたオフィスチェアに腰を下ろしながら、デスクトップパソコンの電源を入れる。

起動を待つ間、ジャケットのポケットから携帯を取り出し、フリップをパカッと開いた。

こなれた指さばきで画像データのストックから、写真を呼び出す。

オレと世羅が顔を寄せて笑ってる写真。世羅の横顔のアップ。笑ってる世羅。眠ってる世羅。

横浜までドライブに行った時の連続ショット。海をバックにした（自分たちで撮ったんでやや手ぶれ気味の）ツーショット。

帰国までの短い時間、できるだけふたりの時間を作って、撮り溜めた写真たち。

もう何度、繰り返し見たのかわからない。

朝に昼に夜に――落ち込んだ時、気合いを入れたい時、眠れない夜、ことあるごとに呼び出して眺めるのが習慣になってしまっている。

（もう半年……か）

遠距離恋愛は覚悟の上だったけど、ここまで会えずじまいだとはさすがに予想外だった。

当初は三ヶ月でいったん戻ってくる予定が、ひと月延び、またひと月延び……と延期を繰り返しているうちに、半年が経過。

とにかく世羅はアメリカ国内およびヨーロッパ各地を飛び回っているようで、猛烈に忙しいらしいことは、メールの文面や電話での会話からも察せられる。

遠く海を隔てたNYであいつもがんばっているんだ。そう思えば、オレも負けずにがんばらなくちゃって発奮材料になるし、そんな忙しい中でも、世羅は出来る限り時間を作っては電話をかけてきてくれる。

お互いの一日の出来事を報告し合うことから始まり、時には仕事の悩みを相談したり、くだらない話で笑ったり、たまーに小さな喧嘩《けんか》もして……でも最後の締めの言葉は毎回同じ。

——愛してる。

——オレも愛してる。

(だけど……)

やっぱり、声だけじゃ物足りない。

どんなに甘い言葉を囁かれても……胸のどこかが満たされないままで。

(世羅……会いたいよ)

会って。触れて。抱き合いたい。ぎゅっときつく抱き締められたい。

おまえの匂いに包まれて、おまえの熱を感じたい。

(オレってインランなのかなぁ?)

こんなに我慢できないなんて、どっかおかしい?

そんな不安を抱きつつも、さすがに半年もオアズケされた日には『世羅不足』もピークで、昨夜はどうやら欲求不満が声や態度にアリアリと出ていたらしく、結局……その、国際電話でエッチを……（嗚呼《ああ》、ごめん、かーさん）。

初めはお遊び半分だったんだけど、回線の向こうの世羅の命ずるがままに、脚を開いて自分で自分のモノに触れているうちに、だんだん盛り上がってイケナイ気分になってきて。

『こんなにびしょびしょに濡らして……悪い子だ』

そんなふうに言われると、本当に透明な蜜が先端から溢れてくる。

『そんなエッチな悪い子にはお仕置きが必要だな』

昏く甘い声で囁かれただけで、火照《ほて》った体の奥がジ…ンと鈍く痺れた。

『鏡の前で脚を大きく開いて……そうだ……見えるか？　何色だ？』

「そんなこと……言えな…っ」

『ちゃんと言わないと、ずっとお預けのままだぞ？』

「うっ……でも……恥ずかしいよ」

『有栖のアソコはどんな色をしている？』

「どんなって……ピ……ピンク？」

『よし。じゃあ、そのピンクのかわいい×××に指を入れてごらん』

「そんなの……無理……できないも…ん」

『できるはずだ。いつも俺のを口いっぱいに頬張って、上手に呑み込んでいるだろう？』

そんな恥ずかしい励ましを耳に、尻の狭間の窄まりに、生まれて初めて自分の中指をつぷっと突き入れる。

『そうだ……上手いぞ。ゆっくりと呑み込むんだ』

「んっ、んっ」

『全部、付け根まで入れたか？』

「……うん」

『動かしてみろ。コリッと引っかかる場所があるだろう』

「……こ…こ？」

『そこを俺ので擦ると、おまえはいつもすごく感じて……きゅうっと締めつけてくる』

「おまえ…も……気持ち、いい？」

『ああ……すごくいい』

吐息混じりの艶っぽい声にゾクッと背中が震え、瞳がじわっと潤んだ。

「……んっ、はっ、んっ」

世羅の硬いものが自分を抉る――その動きを思い出しながら、中を掻き混ぜる。

勃ち上がったペニスから溢れた蜜が、付け根を伝って窄まりまで滴ってきて、指を動かすたびにクチュクチュと淫らな音を立てた。それが世羅にまで聞こえてしまったらしく、含み笑いで詰《なじ》られる。

『ぐしょぐしょだな』

「だっ、だって……もうずっと……してない……から」

『本当に誰にも触らせてないか?』

「当たり前だろっ」

『男にも女にも、指一本、髪の毛一本触れさせるなよ?』

「馬鹿……おまえだけだって」

『俺も……おまえだけだ。おまえだけが欲しい』

「世羅っ……」

『有栖……愛してる。もう、おまえでしかイケない。おまえしか欲しくない』

欲情に濡れた熱っぽい囁きに煽られ、自分で自分を追い上げて――。

「あ……あ、ん。世羅ぁ……も、う、だめ、い――ッ」

――ッてしまいました。思いっきり。

こっちは深夜でも、あっちは朝の八時だっていうのに。出社前の世羅を電話Hにつきあわせて、何やってんだ、オレ……。自己嫌悪。

「はぁあああ……」

携帯をデスクに置いて、自分自身も突っ伏す。

欲求不満解消のつもりが逆効果だよ。

あんなことしたら余計に会いたくなっちゃって……。

クスンと鼻をすすっていたオレは、次の瞬間、ふっと脳裏に閃いたグッドアイディアにぱちっと目を開いた。

「そうだ！」

ガバッと顔を上げる。

向こうが来られないなら、こっちから行けばいいんじゃん！なんでこんな簡単なことに半年も気がつかなかったんだよ!?

幸い、この一年はほとんど消化してないから、有休なら売るほど溜まっている。土日と繋げれば十日は楽勝でキープできるはず。

恋人と過ごすNYラブラブ十日間の旅——キラララ〜ン☆

魅惑的なネーミングを胸の中で転がしつつ、オレは早速いそいそとネットを立ち上げた。

(事前に伝えずにサプライズでいきなり会いに行ったら、あいつ驚くかなー)

世羅の驚く表情を思い浮かべるだけで、顔がニヤついてくる。

一転のウキウキモードで旅行会社のサイトにアクセスしていたら、後ろから椿に呼ばれた。

「有栖ー」

余談だが、椿は井筒さんに告白したようだ。離婚が成立した井筒さんと、どうやら上手くいっているらしい（さらに余談だが、あの時の社長室での世羅とオレの熱い会話は、椿と井筒さんの中で『篤《あつ》き友情の発露』として脳内処理されたようだ……ほっ）。

それはさておき、恋の成就のおかげか、このところ女っぽくなったと評判の椿が、ブースに入ってくるなり言った。

「新しいCOOの就任挨拶がDL《ダウンロード》できるってさ」

「あー、そういや今日から着任してくるんだっけ」

（結局、前のCOOは名前も覚えられなかったな）

世羅にどやされて社長室を追われる姿を目にしたのが最初で最後のニアミスで。

その金髪碧眼のCOOは任期を終え、つい先日、アメリカのSK本社に戻っていった。そんなわけで、目下のD&S社員の最大の関心事は、後釜に誰が就任するのかということと、間近に迫ったイケグラの行方だ。

「またガイジンなのかねぇ？」

「さぁ」

どっちにしろ実権のイニシアティブはNYの本社にあるわけで、傀儡《かいらい》政権つーか、またしても『お飾り』であることに変わりはないんだろうけど。

でもまぁ社内で鉢合わせした時にわからないのもまずいし、一応は顔を拝んでおくかと、社内メールを開いた。『就任挨拶』というタイトルをクリック。ダウンロードが完了するのを待って、再生のボタンを押す。

ほどなく真っ黒な画面に、彫りの深い貌が映し出された。艶めいた黒髪。知的な額にすっきりと高い鼻梁。意志が強そうな眉の下の、眦が深く切れ込んだ褐色の双眸。

「……え？」

見るだに仕立てのよさそうなスーツをビシッと着こなした美丈夫が、こちらをまっすぐ見据えて話し始める。

『本日付けをもちまして、COOとして着任いたしました世羅藤臣です』

昨夜も耳にしたばかりの、深みのある低音美声。

(世……羅？)

うっそ……新COOが世羅？　目の迷い？　聞き間違い？

目をごしごし擦っても、ぱちぱち瞬いても、画面に映っているのは、紛れもなく『世羅』だった。

びっくりしすぎて声も出ないオレに代わって、後ろから画面を覗き込んでいた椿が「ちょっとォ！」とすっとんきょうな声をあげる。

「コレ、世羅くんじゃない!?」

「……な…なんで世羅が？」

「どーして世羅くんがCOOにぃ？」

『就任に際して、私が掲げます目標はただひとつ。今後の四年半で、D&Sを業界トップにすることです』

自信に満ちあふれた口調で所信表明を語り続けている世羅を、ふたりで呆然と眺める。

「……つか、それならそうとなんで言わない？」

オレは思わず画面の世羅に問いかけた。

昨日の電話でも、そんなこと一言も――。

「ちょっとしたサプライズのつもりだった。おまえの驚く顔が見たくて」

背後からの予期せぬ回答に肩を揺らしたオレは、次の瞬間、ぐるっと椅子を回した。

「………！」

ブースの開放口に、均整の取れた長身を濃紺のスーツに包んだ美男が、唇を微笑みの形に緩めて立っている。

「世…羅？」

「世羅くん!?　本当に世羅くんだぁ！　きゃー、ひさしぶりっ！」

オレが立ち上がるより先に、椿が世羅に駆け寄った。

「おひさしぶりです。中島《なかじま》さん」

「相変わらず男前だねぇ。でもなんだか前よりもっといい男になったみたい」

「中島さんこそ、しばらくお会いしない間にますますキレイになりましたね」

「やーん。相変わらず口が上手いんだからぁ」

はしゃぐ椿の後ろで、オレはぼんやりと、半年ぶりの『生世羅』を見つめていた。

写真と違って、ちゃんと動いて、しゃべって、笑ってる。

(すげー。本当に……本物？)

なんだか夢でも見てるみたいで実感が湧かない……。

オレの凝視を感じてか、世羅がこちらに視線を向けた。目と目が合った刹那、眩しいものでも見るように、切れ込みの深い双眸をわずかに細める。やがて今までで一番やさしい笑顔でつぶやいた。

「――ただいま」


「本当にずっと一緒にいられんの？」

オレと世羅が向かい合っている場所は、屋上へと続く非常階段の踊り場だ。

思えば、一番初めのプレゼンで勝利したあと、ここで世羅にむりやりキスをされたのが、すべての始まりだった。

「ああ。祖父や重役連を説得するのに思っていた以上に時間がかかってしまったが……本社で手がけていた仕事の引き継ぎも完了して、ようやくすべての片がついた」

「これから……ずっと？」

「少なくとも業界第一位奪取という目標を達成するまでな」

「なんか……夢みたい」

また前みたいに一緒に仕事ができるなんて。

スーツのスラックスのポケットに片手を入れた、優美な立ち姿。

理知的な額にかかる艶っぽい黒髪。くっきりと男らしい眉。甘さの漂う、少し肉感的な唇。熱情を底に秘めた褐色の瞳が、じっとオレを見つめてくる。

半年経っても変わらぬ――どころか精悍《せいかん》さが増したような美貌をうっとりと見上げていたオレ

は、ほどなく「ん?」と片眉をそびやかした。

NYから東京までは直行便で約十三時間……始業時間の九時半にはこいつがここにいたってことは――。

「……昨日の電話エッチの時って、おまえもう東京にいたんじゃねーの?」

オレの素朴な疑問に、目の前の世羅が唇の端をいやらしく歪める。

「最高にエロくてかわいかったぞ。今すぐ飛んでいって、押し倒したい衝動を堪えるのが大変だった」

ガ――――ン。だ、騙された!

そうとはゆめゆめ知らずに痴態の限りを尽くした自分の恥ずかしすぎるあれやこれやが走馬燈のように蘇ってきて、カーッと頭に血が上る。

「……てめぇっ」

グーで殴ろうとして、パシッと拳をキャッチされた。

「おっと。相変わらず手が早いな」

苦笑するなり、世羅が摑んだ手をぐいっと引く。さらに腰を引き寄せられ、スーツの広い胸に抱き込まれたオレは、あわてて身を捩った。

「やめっ、ここ会社だって!」

「俺を誰だと思ってる?」

「誰って……」

首を傾げてちょっと思案したのちに答える。

「新しいCOO?」

世羅が重々しくうなずいた。

「つまり、俺がD&Sのルールだ。ルールその一」

「はぁ?」

「おまえとキスしたくなったら我慢しない。たとえそれが社内であろうとも」

「なんだよ、それ。……意味わかんねぇ」

呆れた声を出して思いっきり脱力する。

「まさかおまえ、そのトンチンカンなルールのためにCOOになったんじゃねーだろうな?」

世羅は笑って答えない。その代わりにオレを抱き込んだまま、軽く揺さぶった。

「有栖」

オレをじっと見つめ、甘えるような声音で囁く。

「本当にキスしたくないのか?」

(……うっ)

半年ぶりに会った恋人と、キスしたくないヤツなんているわきゃねーじゃん。

初めて、世羅とキスをしたのが一年前——。

あれから本当にいろいろなことがあった。

初めは突然来襲してきた黒船に戸惑い、反発して、だけど仕事で苦楽を共にしているうちに、

徐々に仲間意識が芽生え、信頼関係も出来上がってきて。

時に喜びを分かち合い、時に感情をぶつけ合い、喧嘩をして眠れぬ夜を過ごし、仲直りをして笑って。

そうして、自分でも気がつかずに、いつしか恋に落ちていた。

運命の人と、一生に一度の恋に――。

「馬鹿……したいに決まってんだろ?」

切れ長の双眸を見上げてごにょごにょつぶやくと、世羅が蕩けるような笑みを浮かべる。

「有栖――愛してる」

「……オレも」

『運命の恋』が始まった場所で、オレと世羅はあの日と同じ、甘ーいキスを交わした。

あとがき

「ADコンプレックス」最終巻です！

世羅とアリスの恋のフィナーレを、予定どおりに皆様にお届けすることができて、今、心からほっとしています。大変大変長らくお待たせいたしました！

PRESENTATION・1の雑誌掲載が、2002年の11月ですから、完結までに約三年ほどかかっているんですよね。

私自身、こういった完全なる続き物としての形式でシリーズをやらせていただくのは、『TOUGH！』以来でしたので、はたして読者の皆様に続きを待っていただけるのかとドキドキしていましたが、思いがけず「続きを楽しみに待っています」というお声をかけていただく機会もあって（その節はありがとうございました。大変励みになりました）、おかげさまでこうして無事に最終巻を迎えることが出来ました。

毎回、蛇の生殺し状態だったのにもかかわらず（そして刊行に間が空いたにもかかわらず）、広いお心でお待ちくださいまして、本当にありがとうございました。

この三年間、他のシリーズを手がけたりしながらも、頭の片隅にはいつも『ADコン』のことがありました。早く続きを書きたいというわくわくする気持ちと、またプレゼンの内容を考えるのか……というどんより重い気持ちの間で揺れたりも……（笑）。

毎度「これ！」といったお題に辿り着くまで、産みの苦しみに七転八倒した恐怖のプレゼンですが、四つのプレゼンテーションを全体の起承転結に絡めてお話を作っていくのは楽しかったです。有栖家の女傑たち（三人のお姉さん＋アリスママ）を一話にひとりずつ登場させたり、他にもイケグラとかヨーグルトとか『ウシくん』とか、始まりはいつもエレベーターのお約束とか、ラブコメならではの小さな遊びをちょこちょこと散りばめたりも楽しかった。

最近は、文章が冗長になってしまう傾向にあり、規定の枚数内でお話をまとめることに四苦八苦することが多いのですが、『ＡＤコン』に関しては贅沢にも三冊をかけてじっくりとふたりの気持ちの推移を描くことができたので、個人的にはとても充実したお仕事でした。

クセ者キャラたちを描くのも楽しかったです。アリスは恋を知って、だんだんと身も心もキュートになりましたよね。二重人格故か、初めはいまいち何を考えているのか摑めなかった世羅も、最後はしっかりヘタレて、私の攻めキャラらしくなりましたし（笑）。

さて、シリーズ制作中、たくさんの方々にお世話になりました。

まずは担当の安井さん。作者の私より世羅を理解してくださり、彼の気持ちを熱く代弁してくださったことは一生忘れません。お疲れ様でした。そしてありがとうございました。

三巻制作担当の樋上さん、一、二巻を担当してくださった川隅さん、熱いエールと細やかなフォローをありがとうございました。

美麗なイラストで本シリーズに艶と華を添えてくださいました蔵王大志様。先生のご尽力なくして、『ＡＤコン』は成立しませんでした。表紙および、二巻の『ウシくんをぎゅっとするアリス』を含む口絵、モノクロイラスト、すべてが宝物です。今回の表紙……もうどうすればいいのかわからない（と世羅が思ったに違いない）ほどエロかわいいアリスは、壁に貼って、執筆中にパワーをいただきました。お忙しい中、長らくおつきあいくださいまして、本当にありがとうございました。

装丁の高津様をはじめ、このシリーズの制作に携わってくださったすべての皆様、時に相談に乗り、時に励ましてくれた友人たち、そして陰ながら執筆をサポートしてくれた家族にも感謝を捧げます。

そして何より、遅筆な私とジレジレな『ＡＤコン』を支えてくださった親愛なる読者の皆様に最大級の感謝を。よろしければ本シリーズの感想などもお聞かせ下さいませ。首を長くしてお待ちしております！

最後に、皆様への感謝を込めて、巻末にちょっとしたミニストーリーを書いてみました。お楽しみいただければ幸いです。

それではまた、どこかでお会いできますことを祈って。

二〇〇五年　初秋　　岩本　薫

Manhattan Love Story

トライベッカのフィルムセンターの角でタクシーを降りた。昼間は倉庫を改築したブティックを訪れる買い物客や、今流行《はや》りのスノッブなレストランで食事を取る客たちで賑わうエリアだが、さすがに夜の一時を過ぎたこの時間は、人通りも少なく、ひっそりと静まり返っている。

大通りから一本奥まった狭い裏道へ足を踏み入れた俺は、ビルの隙間風にコートの襟を立てつつ、目的のバーの、年季の入った木製の扉を押し開けた。

とたん、耳に流れ込んでくる低音のジャズとざわめき。身を切るような冷気から逃れ、ふわっとあたたかい空気に包まれて、覚えず「ふーっ」と吐息が漏れた。真冬のＮＹは最低気温がマイナス十度を下回ることも少なくない。今夜は雪が降っていないだけ幾分まだマシだが……。

薄暗いオレンジの間接照明にぼんやりと浮かび上がる——広すぎず、かといって狭すぎず、ほどよい広さの店内には、客が十名ほど。多くは二～三人のグループで、テーブル席を囲んでいる。しかし俺は彼らを視線で探ることはせず、まっすぐ奥のカウンター席へ向かった。磨き抜かれて黒光りした一枚板と添うように、革の座面の止まり木が一列に並んでいる。その円形のスツールに腰かけているのは、グレーのスーツの男がひとりだけだ。左端に陣取る、ほっそりとした背中の右斜め後ろで足を止め、肩越しに話しかける。

「やっぱりここか——タクミ」

彼の隣りのスツールに俺が腰かけると同時、俯き加減にグラスを揺らしていた男が、ゆっくりと顔を上げた。シルバーフレームのレンズ越しに、色素の薄い瞳がちらりと流し目をくれる。

「……リョウ」

「何度携帯にかけても出ないから、ここじゃないかと思ってさ」

「ああ……あれ、おまえだったのか」

明らかに酒に濁った声でかったるそうにつぶやきながら、タクミがカウンターの上の携帯を見やった。

「あんまりうるさいから電源を切った」

らしくもないなげやりな物言いに、俺は片眉をそびやかす。

「ボスからの連絡だったらどうするんだよ?」

するとタクミが、白皙《はくせき》にふっと自嘲《じちょう》を浮かべた。

「連絡なんか来ないさ。俺はもうボスに見限られたからな……」

「またそんなことを。藤臣《ふじおみ》の件とあんたのマーケティング・プランナーとしての評価はまったく別の話だろ? ボスだってそれくらいわかってるって」

「リョウ、何にする?」

話の途中で、カウンターの向こうから、バーテンダーのジェイクが尋ねてくる。

「スティンガー」

「俺も……お代わりをくれ」

空のグラスを振るタクミに、ジェイクが茶褐色《ちゃかっしょく》の顔をしかめた。

「もうやめておけって。あんた、もう今夜は相当呑《の》んでるぜ？」

諫《いさ》められたタクミの顔がみるみる険を孕《はら》む。

「この店のバーテンは客のオーダーを断るのか？」

低い声で凄まれて、大仰《おおぎょう》に肩をすくめたジェイクが、俺の前のカウンターにコースターを置く際にすっと顔を寄せ「適当なところで連れて帰れよ？」と囁いてきた。

言われるまでもなく、無論そのつもりだった。そのためにわざわざ寒空の下、ここまで足を運んだのだから。

タクミが週末ともなれば酔いつぶれるようになったのは、ここ一ヶ月ほどだ。東京での任期を終え、NYに戻ってきてからの半年間も、万全《ばんぜん》とは言えないコンディションだったが、一月の半《なか》ばに藤臣が単身東京へ発《た》ってしまってからは、いよいよ酒に溺れるようになった。……無理もない。俺たちがひと月以上も離れて暮らすのなんて、この十七年間で初めてのことだ。

俺たち——俺・布施《ふせ》リョウと仁科卓見《にしなたくみ》、そして世羅《せら》藤臣は、子供の頃から兄弟同然に育てられ、ハイスクールも大学も会社も一緒。まさに人生の大半を共に過ごしてきた。

いずれSK《エスケイ》グループをその双肩《そうけん》に担《にな》う、ただひとりの後継者たる藤臣を、陰に日向《ひなた》に両脇から支えること。それが、天涯孤独の身の上をグループの総帥であるボスに拾ってもらった、俺とタクミに課せられた使命であり責務でもあった。

特に三人の中で一番年長のタクミは、生来の責任感の強さと相まってかひときわボスへの忠誠心が強く――だからこそ、その使命を果たせずにボスの期待を裏切ったことは、彼の心に深い傷痕を残したようだ。

もうボスに会わす顔がないと、最近は余暇のほとんどを自宅に引きこもっているか、こうして行きつけのバーで飲んだくれているかの、どちらか。かろうじて会社には行って仕事もこなしているらしいが、本来の、クールで怜悧《れいり》なキレ者ぶりはすっかり影をひそめてしまった。

「……ちくしょう。あんな山猿のどこがいいんだ」

バーボンの新しいグラスを引き寄せて、タクミが吐き捨てるようにつぶやく。

「山猿って、アリスのこと？」

俺の確認には答えず、鬱屈《うっくつ》した昏《くら》い双眸《そうぼう》で宙を見据えたまま、くいっとグラスを呷《あお》った。

「んー、俺は藤臣の気持ちがわかるけどね。あんな身も心も真っ白なかわいこチャンに、あんなふうにまっすぐな眼差《まなざ》しでぶつかってこられたら、恋に落ちるなっていうほうが無理なんじゃない？」

率直な意見を述べたとたん、タクミが横目でギッと睨みつけてくる。

「おまえも……あの山猿がいいっていうのか？」

「いや、俺にはちょっと、あのコは眩しすぎるけど」

ただ、藤臣が彼に惹かれた理由はわかる。才気に溢れ、けれどそれに甘んじることなく何事にも一生懸命で、純真かつ天然。この十七年間、藤臣の周りにはいなかった人種だから――。

それに、ひとの気持ちっていうのはそんなに簡単なものじゃない。どれだけ周到に仕掛けたところで、他人の思惑どおりに動くものじゃないし、どんなに手厚くガードを固めていても、落ちる時はあっさり恋に落ちる。かつて藤臣の両親がそうであったように。

「でも俺は、最近の藤臣のほうが好きだけどね。前の藤臣は、自分に無理を強《し》いていたせいか、やっぱりどこかが歪《ゆが》んでいた。今は……表の顔と裏の顔と、ふたつの人格がひとつに統合されてニュートラルだし、その分魅力も倍増っていうか」

しかしどうやらタクミは俺の話をまったく聞いていないらしく、カウンターに両肘をつき、頭を抱え込んだ格好で、ぶつぶつと呪詛《じゅそ》のような低音を零している。

「あいつのせいで、すべてがめちゃくちゃになった……。藤臣はボスの意に背《そむ》いて暴走し、俺たちはボスに見限られ……グループの未来も……」

「そう？　俺は今のあいつなら、意外やこの先ボスの期待以上の、大きな何かを為《な》し遂《と》げるんじゃないかって気がするけど」

「……藤臣は……」

「うん？」

「俺たちを捨てて……行ってしまった」

「そうだな。俺たちより大切なパートナーができちゃったから」

「もう……戻ってこない」

「寂しいけど、祝福してやろうぜ。兄弟が幸せになったんだから」

「……戻って……こない」

「あんたには俺がいるじゃん」

ぽんと背中を叩いてみたが、タクミからはなんの反応もなく——やがて前屈みの状態でずるずるとカウンターに突っ伏したかと思うと、ぴくりとも動かなくなった。


ぐったりと酔いつぶれたタクミを脇に抱えるようにして表通りまで出て、タクシーを拾った。アッパー・イースト・サイドのタクミのアパートメントの前でタクシーを降り、エレベーターで最上階まで上がって部屋の鍵を開ける。

タクミを抱えたままリビングまで行き、壁際のスイッチで明かりを点けた。

「……うわ。……こりゃあ」

部屋の中は、家主の心情の映し鏡よろしく荒れていた。

椅子の上や床にだらしなく点在する衣類。ダイニングテーブルの上には、食べ散らかしの残骸《ざんがい》が放置されている。横倒しになったコップ。出しっぱなしのミネラルウォーター。さらには床にゴロゴロと転がる酒の空き瓶。以前の、塵《ちり》ひとつなく整理整頓された部屋を知っているから余計に、その荒《すさ》みようが際《きわ》だつ。

「……この惨状はあとでどうにかするとして」

とりあえず、ソファまでタクミを引きずっていって、散乱していたニューヨーク・タイムズを座面から取り除き、かろうじて作ったスペースに横たわらせた。

ソファのアームに頭を乗せたタクミは、顔を歪めて苦しそうに胸を喘《あえ》がせている。ジャケットを脱がし、ネクタイを緩めて首周りを楽にしてやってから、俺は赤く熱を持った耳に囁いた。

「大丈夫か？」

「う…うぅ」

呻いたタクミが身を捩り、反動で眼鏡《めがね》がずれる。床に落ちて壊れる危険性を恐れ、ずり落ちかかったフレームを小さな顔から引き抜いた。つるを折り畳んでから、自分の胸のポケットに差し込む。当面の処置を終えた俺はやれやれと立ち上がり、青白い顔を見下ろして、ふーっと息を吐いた。

「なんてザマだよ。これが鋼鉄のクールビューティで鳴らしたあの仁科卓見だなんて……この体《てい》たらくを見たら、あんたに蹴落とされた元ライバルたちが泣くぜ？」

タクミは固く目を閉じて、時折、息苦しそうに眉をひそめている。

「だけど……打ちひしがれて弱っているあんたは嫌いじゃない」

眼下の繊細な造作をじっと見つめながら、俺はひとりごちた。

「……俺のつけいる余地があるからな」

昏い低音でつぶやいた直後、視線の先の色のない唇が薄く開き、かすれた声が小さく訴える。

「み、水……」

「今、持ってきてやる」

キッチンへ行って、冷蔵庫からミネラルウォーターのボトルを取り出し、ふたたびソファへ引き返した。タクミの側に膝を着き、ボトルの水を口に含んだ俺は、ゆっくりと身を屈める。タクミの唇に唇を押しつけ、口移しで水を呑ませた。

「ん……ん、……」

唇の端から水の滴《しずく》を零しつつも、白い喉がこくこくと音を立てて動く。新しい水を口に含んでは移す——という行為を何度か繰り返しているうちに、タクミの表情が少しずつ穏やかになってきた。息苦しそうな喘ぎも治まり、ほどなく静かな寝息を立て始める。

本格的に眠りに落ちたタクミの体を慎重に抱き上げて、俺は寝室へ向かった。

「ったく、ただでさえ細いのに、こんなに痩《や》せちまって」

ドアを足で蹴り開け、ベッドに近づき、寝乱れたシーツの上に痩身をそっと横たえる。ブランケットを細い肩まで引き上げてから、板敷きの床のラグの上にあぐらを掻《か》いた俺は、こんこんと眠っているタクミに話しかけた。

「ねぇ、知ってる?」

もちろん返事はなかったけれど、かまわずに続ける。

「俺がどれだけアリスに感謝しているか」

手を伸ばし、白い額《ひたい》に落ちたやわらかな髪を、指で掻き上げた。

「あんたと藤臣を引き離し、なおさらボスの呪縛から解き放ってくれた彼には、いくら感謝してもし足りない……」

規則正しい寝息を耳に、俺は言葉を継ぐ。

「自責の念で苦しんでいるあんたには悪いけど……俺にとって大事なのはあんただけだから」

ボスでも藤臣でも、ましてやSKグループでもない。

初めて屋敷に連れてこられた時――広大な敷地と初めて見るような立派な調度品、ずらりと並んだ使用人たちの冷たい視線に気圧《けお》され、半泣きで震えていた俺の横で、あんたは気丈にも顎を反らしていた。自分だって不安だっただろうに、俺より一歩前に立ち、毅然《きぜん》とした眼差しで、ボスの顔をまっすぐと見返していた。

ボスとのお目どおりが終わり、ふたりきりになった時、親に捨てられた子供だった俺の手をぎゅっと握り「今日からは俺が家族だから」と言ってくれた、あの瞬間から――。

「俺にはあんたしかいないんだ」

シーツに投げ出されている手をそっと持ち上げて、その白い甲にくちづける。

何度も、何度も。

「……大丈夫。今は苦しくても、少しずつ楽になる。どんな時も俺が……俺だけは側にいるから。今度は俺があんたを護る。だから安心して……」

上半身を傾け、首を伸ばして、俺は『この世で誰より大切な人』の、なめらかな額に唇を押しつけた。

「いい夢を見て」

床から起き上がり、寝室のドアまで戻った俺は、壁のスイッチに指をかけながらベッドを振り返る。

「……おやすみ」

穏やかな寝顔に囁いて、静かに明かりを落とした。

◆初出一覧◆

ADコンプレックス3

PRESENTATION.4
VICTORIA・J —— brand concept ／書き下ろし

Manhattan Love Story ／書き下ろし

月刊
小説
ビーボーイ
b-Boy
ボーイズラブが
100倍楽しい
スペシャル企画！
甘くときめくラブを
超豪華執筆陣
でお届け♥
イラスト
★円陣闇丸
ラブがいっぱい!! 読み切り充実マガジン♥
イラスト★蓮川愛
ノベルズなどの
最新ニュース
GET♥
永久保存の
美麗ピンナップ&
ポストカード!!
イラスト★こうじま奈月
毎月14日発売
定価680円（税込）
A5サイズ
B BLOS

ビブロス小説新人大賞

「このお話、みんなに読んでもらいたい！」

そんなあなたの夢、叶えてみませんか？


小説b-Boy、小説BEaSTにふさわしい小説を大募集します！

　優秀な作品は、小説b-Boyや小説BEaSTで掲載、またはノベルズ化の可能性あり♡　また、努力賞以上の入賞者には、担当編集がついて個別指導します。あなたの情熱と新しい感性でしか書けない、楽しい小説をお待ちしてます!!

募集要項

作品内容

小説b-Boy、小説BEaSTにふさわしい、商業誌未発表のオリジナル作品。

資格

年齢性別プロアマ問いません。

応募のきまり

- 応募には小説b-Boy・小説BEaST掲載の応募カード（コピー可）が必要です。必要事項を記入の上、原稿の最終ページに貼って応募してください。
- 〆切は、年2回です。年によって〆切日が違います。必ず小説b-Boy・小説BEaSTの「ビブロス小説新人大賞のお知らせ」でご確認ください。
- その他注意事項はすべて、小説b-Boy・小説BEaSTの「ビブロス小説新人大賞のお知らせ」をご覧ください。

注意

- 入賞作品の出版権は、株式会社ビブロスに帰属いたします。
- 二重投稿は、堅くお断りいたします。

大人の濃密愛とH満載のMEN'Sマガジン
熱い愛撫に想いは熟れて――オールよみきり！
BEaST'S LINE-UP!
♠アダルトMEN'Sノベル&コミック
♠読者投稿ショート小説劇場
♠フルカラーで、旬のHOT MENをピックアップ！
アーティスト・フラッシュ
♠大人気イラストレーターによる豪華PIN-UP&CARD
・・・etc.
イラスト：鹿乃しうこ
『小説BEaST』は、
甘く熱く求めあう男たちの恋を濃縮した、
恋愛小説マガジンです。毎号オール
よみきり&豪華執筆陣で貴女に贈ります！
季刊 小説ビースト
季刊 A5サイズ 定価750円（税込）
BIBLOS
BEaST
Spring → 4/24
Summer → 7/24
Autumn → 10/24
Winter → 1/24

ビーボーイノベルズをお買い上げいただきありがとうございます。
この本を読んでのご意見・ご感想をお待ちしております。

〒162-0825 東京都新宿区神楽坂6-46
ローベル神楽坂ビル7階
㈱ビブロス内
BBN編集部

AD《アド》コンプレックス3

2005年10月20日 第1刷発行

著者――岩本 薫

発行者――牧 歳子

発行所――株式会社 ビブロス

〒162-0825
東京都新宿区神楽坂6-6 7FNビル3F
営業 電話03(3235)0333 FAX03(3235)0510
編集 電話03(3235)7806

印刷・製本――株式会社光邦

Printed in Japan
ISBN 4-8352-1801-9